KB052835

최서원 옥중 회오기(獄中 悔悟記)

나는 누구인가

나는 누구인가

초판 1쇄 발행 | 2020년 6월 8일
초판 4쇄 발행 | 2020년 6월 23일

지은이 | 최서원
교정/편집 | 이수정 / 서정운 / 김보영
표지 디자인 | 김보영

펴낸이 | 서지만
펴낸곳 | 하이비전
신고번호 | 제 305-2013-000028호
신고일 | 2013년 9월 4일(최초 신고일 : 2002년 11월 7일)
주소 | 서울시 동대문구 신설동 97-18 정아빌딩 203호
전화 | 02)929-9313
홈페이지 | hvs21.com
E-mail | hivi9313@naver.com

ISBN | 979-11-89169-52-7 (03810)

값 15,000원

최서원 옥중 회오기(獄中 悔悟記)

나는 누구인가

최서원 지음

🕀 하이비전

목차

서문 _8

01
나의 삶 이야기

운명을 되돌릴 수 있다면 _18
비선실세의 실체 _26
행복했던 시절, 그리고 불행의 시작 _31

02
나의 가족

사랑하는 나의 딸, 유라 _38
다정다감했던 나의 아버지 _42
아버지와 박 대통령과의 인연 _47
강원도 유배, 이후 박정희 대통령 기념사업까지 _52
자랑스러운 할아버지 _57

03
박근혜 대통령과의 인연

존경과 신뢰 _62
전통에 대한 관심과 애정 _65
대구 달성 보궐선거 _68
썩은 정치판에서 허우적대다 _74
BH의 삶 : 끝없는 모함과 수난 _81
순수한 열정을 알아주지 않는 대한민국 _86
동병상련의 아픔 _88

04
악연들

순진함이 만든 패착 _94
국정농단 사건의 진실 _98
박원오의 배신 _102
김수현 녹음 파일 _107
독일 코어스포츠 운영에 대하여 _111

목차

05
독일에서 새 출발을 꿈꾸다

독일 정착을 위한 준비 _120
악몽이 된 독일 생활 _123
괴물 같은 존재가 되어 돌아오다 _127
유서를 쓰다 _130
삼성과의 관계 _132

06
검찰, 특검에서 있었던 일들

검찰에 의한 국정농단의 재구성 _140
K스포츠재단 _154
탄핵심판의 증인으로 _157
혼돈과 격정의 시간들 _159
1심 재판과 회상 _162
태블릿PC 등 여론조작과 변희재 대표 구속 _166
JTBC 제출 태블릿PC는 의혹투성이다 _168
박 대통령에게 뇌물죄 씌우기 _171
가족을 이용한 플리바게닝 _173
증인들 _177

07
재판, 그리고 뒷이야기

박 대통령 선고 _182
항소심 선고 _184
끝나지 않은 싸움, 그리고 단상들 _188
3년째 독방에서 _191
3족을 멸한다 _194
수사 및 재판 과정에서 알게 된 이야기 _196
(미르, K스포츠 재단 출연 관련 기업들의 진술)

08
구치소 생활

또 다른 세상 _206
견디기 힘든 날들 _210
구치소 안의 또 다른 구치소 _213
미결수 신분, 그리고 위안이 되어 주는 사람들 _215
관심대상 수인 _220
종이학 천 마리 _223
교도관들 _224
코로나19와 구치소 _227
글을 마치면서 _230

나의 옥중일기 _236

서문

　현재 시점에 내가 옥중 회고록을 쓰는 게 적절한 일인가! 오랜 기간 많은 생각과 고민 끝에 펜을 들었다. 세상에 태어나서 누군들 다른 이들로부터 지탄을 받으며 살고 싶은 사람이 있겠는가. 그동안 나는 겪지 않아도 될 수많은 일들을 겪어왔다. 그런 와중에 너무 억울하게 당했던 일도 있었고 권력자의 곁에 있었다는 이유로 항변 한 번 제대로 하지 못한 채 나의 영혼과 삶은 무참히 짓밟히고 말았다. 또한 나의 가족들마저 세상에 고개를 들지 못하게 되는 상황이 되었다. 그런 폭풍 같은 상념 끝에 이대로 침묵하는 것은 나에게 씌워진 모든 모함을 스스로 인정하는 것이나 다름없겠다는 생각이 들었다. 비록 지금은 욕을 먹더라도 나의 입장을 밝혀두는 것이 세월이 지나 역사가 어떤 평가를 하든 적어도 작은 항변의 몸짓은 되지 않을까 생각한다.

글을 쓰기에 앞서 그동안 나로 인해 국민들의 마음에 혼란과 충격을 드린 데 대해 사죄드리고 싶다. 그리고 내가 곁에 있었다는 이유로 고통 받고, 역사에 씻을 수 없는 오명을 남기게 된 박(근혜) 대통령께, 대통령님의 결백과 나라를 위한 애국심과 충정의 진실은 언젠가 꼭 밝혀지리라고 전하고 싶다. 늘 죄 없이 당해야 하는 나의 가족들의 고충과 주변 사람들을 생각하면 구치소의 작은 독방에서도 가슴이 저며 오는 고통으로 잠을 이룰 수가 없다.

그저 박근혜 대통령의 일을 도와주고 싶었을 뿐

나는 누구인가! 정말 비선실세라는 게 있는 걸까? '비선실세', 그 말이 처음 언론에 등장했을 때 내 귀에도 생소한 말이었고 나와 관련이 있다고도 생각지 않았다. 나는 비선이든 아니든 한 번도 실세라는 생각을 해 보지 않았기 때문이다.

내가 박 대통령 곁에 있었던 것은 어떤 권세나 부(富)를 누리기 위한 것이 아니었으며 또한 그것들을 받은 적도 없다. 오랜 세월 가까이에서 지켜본 권력의 속성은 추풍낙엽과 같은 것이었다. 나뭇잎이 가지에 붙어 있을 때는 싱싱하고 파릇파릇하지만, 한번 떨어지면 버려져 짓밟히는 낙엽이 되듯 권력도 그렇게 헛되고 덧없는 것이다. 그런가 하면 그 낙엽들이 어디론가 날아가 배신의 불쏘시개로 변해 버리기도 하는 것을 봐 왔기에 나는 더더욱 권력과 권세는 부질없음을 잘 알고 있었다.

그런데 1심 재판부의 재판장은 판결의 핵심 취지를 설명하면서 "사태의 주된 책임은 국민에게서 부여받은 권한을 사인(私人)에게 나눠준 피고인(박근혜 대통령)과 이를 이용해 국정을 농단한 최 씨에게 있다."고 판시했다. 나는 어떤 실세 자리를 차지한 적도 없고, 박 대통령에게 자리를 요구하거나 권력을 나눠 받은 적도 없다. 그런 내가 무슨 권한을 넘겨받아 어떤 일을 했다는 것인가! 국정을 농단했다는 말은 도대체 무엇을 의미하는 것일까?

그동안 역대 정권마다 실세들이 존재했고 그들 때문에 권력자들이 퇴임 후에 구속 수감되거나 조사를 받는 불운의 역사가 계속되어 왔다. 그리고 지금도 전형적인 실세들이 노골적으로 정권을 움직이고 있지 않은가? 마치 욕망의 구덩이에 들어가는 것과 같은 정치의 속성을 옆에서 지켜본 나와 우리 가족들은 그것을 혐오했고, 그만큼 싫어했기 때문에 권력을 나눈다거나 실세 노릇 같은 것에 대해서는 관심도 없었다. 나는 그저 가족이 없는 박 대통령의 사사로운 일들을 도와주고 싶었던 것이고, 그렇게 하는 것이 오랜 기간 인연을 맺어온 사람으로서의 신의와 의리라고 생각했을 뿐이다. 그러나 나의 그런 순수한 마음을 세상은 그렇게 보지 않은 것 같다.

비선실세 논란, 박근혜 대통령을 죽이려는 음모의 시작

갑자기 떠돌기 시작한 의혹과 논란이 매스컴을 뜨겁게 달구고 있었다. 2016년 10월 JTBC의 태블릿PC 보도를 시작으로 악성 루머와 함께 마녀사냥 식의 보도는 이미 언론, 방송, SNS 등에서 광범위하게 퍼져나갔다. 일방적으로 몰고 가는 그 속도는 따라잡을 수도 없었고 변명할 여유도 주지 않았다. 특히 그것은 내가 누구의 딸이라는 이유로 더 흥미진진한 이야기가 덧붙여졌으며 박 대통령과 직결된 문제로 의혹이 확산되고 있었다. 거리에는 내 이름이 곳곳에 나붙었고 대한민국 전체가 날 찾느라고 난리였다.

그때 나는 말(馬) 사업을 하기 위해 독일에 머물고 있었다. 내가 독일로 떠나기 전 이런 일이 터지리라고는 생각도 못 했을 뿐만 아니라 검찰이나 경찰 어디에서도 출석을 요구한 적이 없었다. 그런데 내가 독일로 도피했다는 것이었다. 이미 상황은 누군가에 의해 만들어진 각본대로 움직이고 있었다. JTBC 태블릿 사건은 아마도 미리 철저하게 조직적으로 준비했던 일인 것 같다. JTBC의 말 바꾸기, 검찰과 특검의 무리한 수사가 그것을 증명해 주고 있음이다. 더블루케이 사무실에서 태블릿PC를 갖고 나왔다는 것은 주인이 외출하고 없는 빈 집에 들어가 금고를 터는 일이나 마찬가지다. 그들은 절도를 하고도 너무나 뻔뻔하게 잘못을 다른 사람에게 돌리고 있는 것이다.

'비선실세', 정말 누가 만들어 낸 얘기인지 언젠가는 진실이 밝혀지겠지만 정말 가소롭다는 생각이 든다. 비선의 의미는 무엇이고 누가 만들어 낸 말인가? '비선'을 사전에서 찾아보니 '어떤 사람과 몰래 관계를 맺고 있음'이라고 한다. 내가 박 대통령 지근거리에 있은 지는 오래되었지만 결코 몰래 관계를 맺은 적이 없다. 결국 그 사건은 나를 이용해서 박 대통령을 죽이려는 음모의 시작이자 전초전이었다.

나의 아버지 최태민, 구천에서도 괴롭힘 당해

역대 정권에서도 그랬고, 지금 현존하는 정권에서도 이름 없이 최고 권력자를 도와주는 사람들은 있을 것이다. 그러면 그들이 다 비선실세라는 말인가?

아마도 사람들은 내가 돌아가신 나의 아버지 최태민의 딸이기 때문에 비선실세라는 말에 더 흥미진진해 하였고 또 믿기 쉬웠을 것이다. 돌아가신 지 20여 년이 훌쩍 넘은 나의 아버지. 이승을 떠난 뒤에도 너무 많은 괴롭힘을 당해 구천에서 편히 쉬지도 못하고 영혼이 떠돌 것이라는 생각이 든다. 나를 끔찍이도 아껴주셨던 아버지, 생각만 해도 가슴이 저리고 찢어질 것 같다.

우리 딸의 모든 것을 빼앗아 가고도 모자라 당당히 딴 국가대표 선수 자격도 박탈하고 그동안의 훈련비를 반환하라는 공문을 보내 왔다. 딸아이가 오로지 열정과 애정을 쏟아왔던 말도 탈 수 없게 만든 것이다. 그 아이의 꿈과 젊음은 모조리 사라지고 말았다. 민주주의를 표방하는 대한민국에서 말이다.

세상이 변해도 너무 많이 변했다. 모든 곳에서 전 정권을 비판하고 현 정권에 굴복하고 있지 않은가. 육체적인 고문보다 정신적인 압박이 사람을 더 힘들게 한다. 나는 극심한 스트레스로 이미 병이 깊어지고 있다. 용인경찰서에서는 구치소에 있는 나에게 아버지 묘를 이장하라고 몇 차례 공문을 보내 왔다. 죽은 사람을 다시 한 번 죽이는 것 같아 가슴이 미어진다.

공산독재 국가의 숙청보다 더하다는 생각

보이지 않는 보복이 계속되고 있다. 공산체제의 숙청보다 더하다는 생각이 든다. 과거에도 정권마다 수시로 세무조사를 실시해 가족들을 괴롭혔지만, 이 정권은 막무가내로 퍼붓는 세금 폭탄으로 사람을 완전히 뭉개고 계속 때려대고 있다. 재산 몰수에 동원된 세무서, 검찰, 특검 등, 그 많던 비자금은 왜 못 찾았는지 묻고 싶다. 내가 사는 이 곳이 자유민주주의 대한민국인가! 정권이 바뀌었다고 해도 너무 심하다. 나는 독일에 페이퍼컴퍼니를 세운 일도 없고, 유럽에 비자금 한 푼 숨겨둔 일도 없다. 그들은 조사를 통해 이미 알고 있을 테지만 입을 다물고 있다.

그걸 떠들어 대던 국회의원도 지금에 와서는 자신 있게 책임지는 말을 못 하고 있지 않은가? 남이 겪고 있는 고통쯤은 생각지도 않는 잔인함이다. 자기들만의 축제에 빠져 한 가족의 비극이나 가슴 저림 같은 것은 눈에 보이지도 않는 모양이다.

끊임없이 동원하는 증인들, 무더기로 갖다 내미는 서류들을 보면 어처구니가 없을 정도이다. 한 사건을 가지고 검찰은 직권남용으로, 특검은 뇌물수수혐의로 죄를 씌우기 바쁜 현재 권력의 실세들. 재판부가 그들의 손을 들어줄 때까지 밀어붙이겠다는 것인가? 어떻게 보면 안됐다는 생각도 든다. 현 정권의 실세를 둘러싸고 있는 세력들은 각자 자리를 지키기 위해 충성심 경쟁을 해야 할 필요가 있을 것이다. 언제까지 그 충성심이 이어질지 지켜볼 일이다.

내가 이 글을 쓰고자 결심하게 된 것은 바로 그런 그릇된 충성심에 대한 나의 분노이자 진실을 밝히기 위한 투쟁의 일환이다. 나는 그동안 한 번도 인터뷰에 응하거나 이런 글을 쓰려고 하지 않았다. 그러나 세월이 나를 일으켜 세우고 있다. 살아 있어 숨 쉬는 나의 가족들이 더 이상 억울한 피해를 당하지 않고 지금같이 도망 다니지 않으며 살 수 있어야 한다. 그러기 위해서는 내가 아직 기억이 생생하게 남아 있을 때 진실을 말해야겠다는 생각이 들었다. 지금 수술을 기다리는 내가 건강에 대한 자신이 없어지고 기억력도 점점 쇠퇴할 것이기에 힘든 여건 속에서도 펜을 들게 되었다.

이 글 속에는 지난 3년여 동안 검찰과 특검에 불려 다니며 길고 어두운 터널을 지나온 이야기와 재판 관련 이야기가 담겨 있다. 그리고 그동안 쌓아두었던 진실의 이야기들, 배신한 이들에 대한 원망, 불구덩이에 밀어 넣는지도 모른 채 이용만 당했던 나 자신에 대한 회한을 담았다. 세월이 흘러 어느 날엔가는 진실이 밝혀질 것이라는 소망으로 이 글을 남기고자 한다.

이 글을 쓰기로 결심하기까지 용기를 주시고, 어려울 때 빗발치는 싸늘한 여론과 시선에도 불구하고 꿋꿋하게 변론을 맡아 주신 이경재 변호사님께 진심으로 감사의 마음을 전하고 싶다. 또한 끝까지 동행해 주신 최광휴, 권영광 변호사님, 그리고 이 책이 나오기까지 애써 주신 많은 분들께 감사드린다.

옥중에서 **최서원**

나의 삶 이야기

　내 이름은 최서원이다. 그런데 나를 모두 최순실이라 부른다. 그러고 보면 나 최서원은 이 세상에 없는 투명인간이나 마찬가지다. 정호성 비서관이 헌법재판소 증언에서 '세상에 없는 사람이어야 할 사람이 알려진 게 문제'라고 했다는 말에 온몸에 전율을 느낀 적도 있지만 그렇게 그들 모두 나를 투명인간 취급하였던 것이다.

　언론과 방송 등 온 나라에서 나를 최서원이 아닌 최순실로 부르고 있었다. 원래 최순실이었으나 몇 년 전에 최서원으로 이름을 바꿨다. 그런데 나는 지금도 사람들에게 최순실이라는 이름으로 기억되고 있다. 누군가는 내가 이름을 3번이나 바꿨다며 바꾼 이유에 대해 터무니없는 의혹을 제기하기도 했다. 세상에 존재감도 없던 한 개인의 이름을 바꾸는데 뭐 그리 엄청난 이유가 있겠는가. 그들이 아무리 거짓 이유를 지어낸다 하더라도 언젠가는 진실이 밝혀질 것이다.

　내가 최순실이었던 시절 그리 유명했던가? 그동안 나 최순실을 아는 사람은 별로 없었다. 정 비서관이 말했듯이 나는 내 존재를 드러내지 않고 마치 투명인간처럼 박 대통령을 도왔을 뿐이다. 나는 세상에 드러나기를 좋아하지 않았기 때문에 늘 조용히 살고 싶어 했다.

나는 대체 누구이기에 오늘날 이런 고충과 비난을 받아야 하는가. 나랏일에 가장 말단의 자리 하나 차지한 적이 없는 내가 왜 국정농단이란 오명을 쓰고 1심에서 20년이란 형과 180억 원의 벌금 및 72억 원의 추징금을 선고받아야 했을까? 모두들 투명인간이길 바라는 내가 세상에 알려지면서 일이 벌어지기 시작했다.

사람들이 나를 '비선실세'라며 세상에 드러나게 한 것은 아마도 내가 나의 아버지 최태민의 딸이었기 때문이리라. 누가 뭐래도 나는 아버지를 존경하고 누구보다 사랑했다. 아버지께서도 생전에 나를 무척 아껴주셨고 내 마음속까지 이해해 주려 하셨던 분이다. 그런 아버지께서는 사시는 동안 너무 가혹한 고초와 고통을 겪다보니 협심증과 화병을 얻으셔서 돌아가실 무렵에는 여러 가지 합병증으로 고생을 하셨다.

다들 알다시피 아버지께서는 박 대통령의 일을 도와주시다가 여러 오해와 우여곡절을 겪으셨다. 나 또한 의도하지는 않았지만 아버지의 뒤를 이어 박 대통령을 순수하게 도와드리려 했다. 공적인 업무는 도와드리는 사람들이 많을 테니 나는 가족 같은 마음으로 사사로운 도움을 드리려 했을 따름이다. 그런데 음울한 어둠의 세력들이 비선실세라는 말까지 만들어가며 박 대통령의 정치적 생명을 끊기 위해 나를 이용한 것이다. 그들은 국민들의 머릿속에서 그분을 지워버리기 위해 음모를 꾸미고 각본을 짰다.

삶을 살아가면서 털어서 먼지 안 나는 사람은 거의 없을 것이다. 그런 사람이 있다면 그는 아마 신에 가까운 사람일 것이다. 그런 그들이 나와 엮어서 박 대통령의 먼지를 털고 있다. 아마도 내가 최태민의 딸이고 박 대통령과 오랜 기간 알고 지냈기 때문에 나와 엮음으로써 자신들이 원하는 최상의 여론을 형성할 수 있다고 생각한 것 같다. 그렇게 나를 세상에 비선실세로 알려지게 한 것은 고영태와 그 조력자들이었다.

박 대통령을 만난 인연은 운명이었을까? 지금 생각하면 박 대통령도 나도 서로를 알지 못했다면 좋았을 것이라는 생각이 스쳐간다. 고난과 시련을 겪어야만 큰 인물이 된다고 했던가. 정말 그분은 20대 초반 어린 나이부터 너무 많은 시련과 비극을 겪어왔다. 어머니에 이어 아버지까지 부모님 두 분을 비명횡사로 떠나보내는 아픈 삶을 살면서 강인해지고 더욱 단단한 내면을 지니게 되었는지 모른다. 그랬기에 우리나라 최초 여자 대통령의 위치에까지 오르게 되었을 것이다. 그런데 이제 나로 인해 누명을 쓰고 역사에 지울 수 없는 오명을 남기게 되었다. 모든 것이 내 탓이라고 생각하니 시간을 되돌려 인연이 아니었던 때로 돌아가고 싶다.

진실은 언제 밝혀질는지, 세월은 왜 이렇게 더디 가는지, 세상의 끝은 어딘지, 신은 보고 계시는지…. 나는 수시로 묻고 또 묻는다. 그분을 생각하면 죄스러움과 안타까움 그리고 아련하고 애틋함이 마음을 적신다. 참으로 세월은 그분에겐 너무 악랄하고 잔인하다. 정치의 속성이 전 정권을 짓밟고 일어나야만 본인이 더 위대해 보인다고는 하지만 말이다. 보다 넓은 마음을 가지고 국민을 위한 진실한 정책과 정치력을 펼칠 수 있다면 우리나라도 미국 같은 선진국들의 모습을 볼 수 있을 텐데…. 언제까지 새로운 대통령은 또 전직 대통령을 짓밟고 그 위를 걸어가는 행태를 반복할까?

이제는 정치 곁에, 정치하는 사람 옆에도 서있고 싶지 않다. 정권의 향방에 따라 변심하는 그들의 마음, 아부하는 사람들, 그런 정치인들이 없어지지 않는 한은 말이다. 그들이 갈아타는 차가 너무 빈번해서 어느 때는 국민들도 종잡을 수 없을 때가 많다. 줄곧 한 목적지를 향해 가는 버스만 탔으면 좋겠다. 긴 여행길을 소소히 진실이 있는 길만을 갈 수 있게 말이다. 그런 사람이 많은 나라와 소신 있는 정치인들이 이끄는 세상이 되었으면 좋겠다.

내가 박 대통령을 본격적으로 돕기 시작한 것은 그분이 처음 정치에 입문할 때인 대구 달성 선거 때부터이다. 그때도 나는 앞에 나서지 않고 조용히 그림자처럼 박 대통령을 도왔다. 어쩌면 내 인생의 황금기인 젊은 날의 시간을 다 바쳐 그분을 도우면서도 나 최순실의 이름은 어디에도 없었다. 그저 처음 정치를 시작해 주변에 도와주는 이도 별로 없던 어려운 시절에 나라도 힘을 보태야 한다는 순수한 마음뿐이었다. 그분을 앞세워 무엇을 도모하거나 얻으려는 생각 같은 것은 추호도 없었다. 나는 왜 그런 선택을 했는지, 그분도 나를 그 정도로 가슴 깊이 넣어 주실는지 그런 생각조차 하지 않았다. 그때 그런 선택을 하지 않았다면 나는 지금쯤 평범하게 소소한 삶을 영위하고 있을 것이다.

박 대통령은 박정희 대통령의 따님이었기에 공격을 받았고, 나 또한 아버지 최태민으로 인해 수많은 의혹과 공격을 받아왔다. 박 대통령과 나는 각자의 아버지 이름 때문이었을지도 모를 태생적 이유로 어쩌면 평범하게 살 수 없는 운명이었던 것 같다. 박 대통령 곁에 머물렀던 순간들을 돌아보면 수시로 누군가가 우릴 노리고 있었다. 대구 달성 선거 때도 사실상 살아 있는 권력의 반대편에 서 있어 혈투의 결기가 느껴질 정도였다.

박정희 대통령 시절에도 그렇고, 국회의원에 당선된 뒤에도, 또 당대표 때도 늘 박 대통령을 꺾기 위해 우리 삶을 무너뜨릴 계획들만 하는 것 같았다. 이생에서 나의 삶은 정말 불행의 연속이었다. 가정생활도 파탄이 났으며 딸아이의 삶도 엉망이 되어 버렸다. 나의 아버지 시대부터 이어온 인연이 나에겐 결국 삶 자체가 무너지는 결과를 낳았던 것이다.

고영태 등 내 주변에 있던 무리들은 교묘하게도 나를 이용했다. 아버지 최태민의 딸이 아니었다면 아무런 이용거리도 되지 않았을 나를 그들은 그렇게 끄집어내어 내동댕이쳐 죽이고 있었다. 지금 생각해 보면 나는 혼자 살면서 박 대통령을 도와야 했는데, 가정이라는 걸 가지게 되면서 남편에게도 아이에게도 많은 상처를 준 것 같다. 박 대통령을 지근거리에서 지켜 드리려는 마음이야 변함이 없지만 오랫동안 이런 삶을 살 거라곤 생각하지 못했기 때문이다.

숙명 같은 운명이라는 말이 있듯이 어쩌면 나는 태어날 때부터 박 대통령을 벗어날 수 없는 숙명을 타고 난 것 같다. 2014년 1월 세계일보에 정윤회 게이트가 실리던 날, 유라 아빠가 비선실세가 되어 세상이 시끄러울 때 그게 나에게 되돌아 올 것이란 생각을 왜 못했는지. 지금 생각하면 참으로 어리석고 바보 같은 일이다. 그때도 정윤회 실장이 비선실세로서 국정에 개입하고 농단했다는 것이었다. 그 사건으로 유라 아빠를 아버지 최태민의 사위에서 벗어나게 할 때 나도 박 대통령 곁을 떠났어야만 했다.

우리 가족은 직접 정치에 뛰어든 적도, 또 어떤 직책을 가진 적도 없었음에도 불구하고 늘 정치의 한가운데 있었고 항상 보이지 않는 박해를 받아왔다. 각 정권마다 이뤄지는 탄압과 세무조사, 그리고 아무것도 입증되지 않는 똑같은 폭로들 속에 시달려야만 했다. 그런 일들이 지속되면서 나는 점점 피폐해져 갔고 나의 인생은 좀먹고 있었다. 그러한 괴로움 속에서도 나는 가정보다는 박 대통령을 더 소중하게 생각했으며 그래서 늘 가까운 곳에 머물러 왔다. 그리고 마침내 그 암울한 여정의 파국을 맞이하고 말았다.

가정은 몰락하고 딸아이의 삶도 송두리째 빼앗겨 버린 것이다. 죄 없는 나의 딸은 원래 하던 성악을 포기하면서까지 선택한 승마 때문에 세상에서 무참히 짓밟히기 시작했다. 심지어 박 대통령의 숨겨놓은 딸이라는 얘기까지 나왔다. 그런 말을 하는 이들은 다른 사람의 인권이나 사생활 보호에 대한 의식은 있는 것일까. 도대체 무슨 근거로, 무슨 권리로, 무슨 생각으로 그렇게 무책임한 말을 할 수 있단 말인가.

정치라는 세계가 남을 짓밟고 올라야 살 수 있는 곳이라고는 하지만 그것은 그들끼리의 전쟁이어야 한다. 정치와는 무관한 무고한 사람을 다치게 해서는 안 되는 것이다. 특히 아직 어린 학생의 삶을 짓밟는 것은 인격살인이나 마찬가지이다. 박 대통령과 알고 지낸다는 이유로 한 가정을 무참히 짓밟고 아이의 인생까지 무너뜨리는 건 중대한 범죄 행위이다. 그런데 언론이나 방송도 그걸 거르지 않고 경쟁적으로 기사화 해왔고, 이로 인해 우리 가족은 늘 고통의 나날을 보내야만 했다.

나는 아버지가 돌아가시고 어머니까지 돌아가셨을 때 박 대통령 곁을 떠나려고 결심을 했었다. 모두들 오늘 같이 잔인하고 처절한 미래가 기다릴 것이란 예감이 들었는지 남은 가족들의 간절한 바람이기도 했다. 가족들은 그동안 수없이 받아왔던 박해에 신물을 내고 있었기 때문이다. 그러나 박 대통령 곁을 떠나는 건 오래된 삶의 연속 같은 스토리라 그리 쉽지 않았다. 그러다 보니 가족 중에 나만 그분 곁에 남아있게 되었다. 그분이 겪어온 시련과 고통, 연달아 부모님을 잃고 가슴 아픈 나날을 보내며 칩거해 온 세월을 가까이서 지켜본 나로서는 더더욱 발걸음이 떨어지지 않았다. 오늘날 이렇게 될 줄 짐작이라도 했더라면 그때의 결심을 실천했어야 했다. 그러나 뒤늦게 실행에 옮기려 했을 때는 이미 늦었고, 그들의 음모가 시작되고 있었다.

비선실세의 실체

나는 오랫동안 박 대통령 곁에 머물렀지만 실제적으로 어떤 권한을 갖거나 실세로서 행동한 적이 없다. 조용히 그야말로 그분의 그림자처럼 도와주고 있었던 것인데 박 대통령을 몰아내려는 세력들의 모함과 계략으로 세상 밖에 알려지게 되었다.

마치 내 것이거나 한 것처럼 알려진 K스포츠재단과 미르재단은 실제 그들의 사람들로 채워져 있었다. 나는 직접적으로 누구를 고용하거나 친한 사람을 추천한 일도 없다. 물론 그 재단은 누구의 것도 아닌 공익재단이다. 그들이 자기 사람을 넣는다고 해도 그들의 소유가 되거나 차지할 수는 없는 것이다. 그런데 그걸 내 사익을 위해 박 대통령이 재벌을 동원해서 설립했다는 게 말이 되는가? 많은 사람들이 그 진의를 왜곡한 보도를 보고 거짓을 사실이라고 믿고 있으니 안타깝다.

그 재단을 통해 박 대통령이나 내가 사익을 추구하려는 의도가 없었다는 건 분명한 사실이다. 실제로 내가 그동안 미르나 K스포츠재단으로부터 한푼의 돈도 갖다 쓴 일이 없고 결재를 한 일도 없다는 사실이 재판 과정에서 드러났다. 기업을 이용해 강제로 모금을 하여 그걸 사유화 할 수 있다는 생각을 어떻게 할 수 있을까? 어떤 기업들이 한 개인의 이익을 위한 일에 공조하겠는가? 당연히 재단에 출연한 기업들은 공공의 목적이 있다고 생각했기 때문이다. 그런데 내가 왜 그런 누명을 써야 한단 말인가!

고영태의 협박조 말을 나는 왜 허투루 들었을까? 고영태는 종종 나에게 정권 끝나기 1년쯤 전에 나를 파멸시키겠다는 말을 했었다. 뭔가 나에게 섭섭한 감정이 있어서 그러려니 했지만 설마 실제로 그럴 수 있으리라고는 생각지도 못했다. 무서운 사람이다.

그가 그런 계획을 사전에 할 수 있었던 것은 누군가와 필히 교감이 있었기 때문이다. 무섭다. 혹여 내게 앙심을 품고 있었다 하더라도 어떻게 현직 대통령을 향해 그런 비수를 꽂을 수 있단 말인가? 그것도 진실이 아닌 것들을 사실인 듯 꾸며 마치 내가 박 대통령을 통해 큰 이익이나 보려고 한 것 같이.

세월이 지나면 언젠가는 밝혀지겠지만 그들 행동의 대담함과 잔혹함에 소름이 돋는다.

비선실세라 함은 최소한 대통령 측근에서 실질적인 권한을 가지고 정부 부처를 지휘할 수 있는 위치에 있는 사람에게 붙일 수 있는 수

식어이다. 그러나 박 대통령은 누구에게도 그런 권한을 줄 분이 아니다. 각 부처에서 올라오는 사안에 대해서 일일이 직접 보고를 받는 분이다. 연설문도 들어가야 할 내용을 박 대통령 본인이 하나하나 짚어 주면 정 비서관이 그것을 토대로 작성하곤 하였다. 그런데 각 부처의 업무에 대한 전문 지식도 없는 내가 그런 연설문을 쓴다는 게 말이 되는가? 안민석 의원의 막가파식 의혹 제기는 구치소 청문회에서까지 이어졌다. 그는 나에게 무기 판매를 하는 린다 김을 아느냐, 판매에 관여했느냐는 등 말도 되지 않는 질문을 해대곤 하였다.

내가 국정농단의 주범으로 몰린 가장 큰 원인 중 하나인 대통령 연설문 작성 건은 정 비서관의 부탁으로 문맥적 흐름에 대해 일부 조언한 데에 있다. 하지만 대통령 연설문을 고치는 것은 무척 어렵고 조심스러운 일일 뿐만 아니라 연설문 전체를 내가 볼 수 있었던 것도 아니다. 이것이 JTBC의 태블릿PC 문건에 들어 있었다는 연설문에 관한 실체이다.

또 K스포츠재단과 미르재단 두 재단의 설립자금을 모았고 여러 가지 사업 계획을 기업에 요구했다는 것도 터무니없는 의혹일 뿐이다. 나는 두 재단의 모금 과정에 전혀 가담하지 않았으며 사업 계획도 이뤄진 게 하나도 없었다.

파고들수록 나오는 건 내가 당한 배신과 나의 억울함뿐이다. 검찰과 언론이 만들어 내는 이야기는 거짓된 기초 위에 세워진 허구였던 것이다. 그러므로 단언컨대 박 대통령에게 내려진 형벌은 결코 정당한 것이 아니다. 내가 이 구치소 차가운 바닥에서 숨을 헐떡이며 살아남아 글을 쓰는 이유도 이 진실을 알려야 하기 때문이다.

오늘도 나로 인해 고통 받고 힘겨워하고 있는 모든 이들에게 사죄를 드리고 싶다. 그리고 어쩌면 나는 이생에서 그분에게 내 죄를 갚지는 못할 것 같다. 만약 내게 다음 생이 주어진다면 한적한 시골에서 딸과 손자와 더불어 유유자적하며 꽃밭이나 일구면서 세상의 아름다운 것들만 보며 살고 싶다. 그리고 이생에서 보았던 권력의 암투 같은 것은 그 세상에는 존재하지 않았으면 좋겠다.

정치가 많은 것을 지배하는 오늘날, 정권을 잡은 이들이 자기 코드에 맞춰 앞선 정권과 똑같은 우를 범하면서도 다른 이에게 죄를 물을 수 있는 권한은 어디에서부터 나오는 것일까? 정권 앞에 굴복하고 자기가 한 일에 대해 떳떳하지 못한 이들이 무슨 얼굴로 나중에 역사 앞에 서게 될까?

젊은 검사 앞에서 머리 조아리고 굴복하며 기소당하지 않으려고 애쓰는 사람들, 그걸 볼모로 협상을 하고 정보를 얻어내려는 검사들, 모두 애처로울 뿐이다. 특검에서 행해지는 협박성 말들로 이 나라의 경제를 지켜낸 주역인 기업들이 그들의 손에 마구잡이로 당하고 있다. 그들은 스스로 어떤 증거를 찾아낼 수 있는 능력이나 있을까? 나의 재판에서도 새롭게 찾아낸 증거는 없고 증인들의 말이 증거의 대부분이었다. 게다가 나의 딸까지 동원한 플리바게닝 수법은 우리나라 검찰의 현주소를 말해주고 있는 것이다.

그들은 수사를 하기 전에 나에게 삼족을 멸하겠다고 저주를 퍼부었다. 그리고는 대통령과의 관계를 인정하라고 강요하며 박 대통령과 나를 경제공동체로 묶어 버렸다. 그렇게 자신들이 만들어둔 각본대로 자백만 하라는 수사가 무슨 수사란 말인가. 이미 짜맞춰져 있는 수사에 모든 증인들을 불러 협박과 회유로 받아낸 진술서와 수사기록들이 무슨 의미가 있는가 말이다. 아무리 겁박해도 물러서지 않는 나에게 그들은 최대한의 제재를 가했다. 독방 수용에 면회권 박탈, 외부인의 면회 제한, 서신 금지 등 할 수 있는 방법은 모두 동원하고 있었다. 마치 내가 스트레스를 받아 정신병에라도 걸리길 바라고 있는 것 같았다.

수사관이 여자 피의자를 수사하면서 삼족을 멸한다는 말로 겁박하는 것은 인권 유린이자 형사법적으로 책임져야 할 사항이다. 그것은 여성에 대한 인격 모독을 넘어 최소한의 인권도 무시하는 처사이다. 무죄 추정의 원칙이 적용되는 대한민국 검찰의 수사 중에 이런 일이 벌어졌는데도 처벌 받는 이는 없고 모두가 침묵하고 있다. 이유가 무엇일까? 정권에 그리고 권력 앞에 숨죽이고 있는 것이다. 그러나 언젠가는 이런 적법 절차를 벗어난 과잉수사에 대해서도 밝혀질 날이 오리라고 믿는다. 지금은 침묵하고 있는 이들도 나중에는 진실을 밝히기 위해 입을 열 것이기 때문이다.

행복했던 시절, 그리고 불행의 시작

내 기억에 가장 행복했던 시절은 '초이유치원'을 운영하던 때이다. 초이유치원은 내가 1980년대에 설립하여 20년 가까이 운영했던 곳이다. 순수하고 때 묻지 않은 아이들을 보고 있노라면 내 마음도 한없이 맑고 깨끗해지는 것만 같았다. 나는 원래 아이들을 좋아했다. 길을 가다가도 어린 아이들이 놀고 있으면 잠시 멈추어 그 아이들과 눈을 맞추고 얘기를 나누기도 한다. 유치원을 운영하면서 나는 아이들과 함께 꿈을 꾸었고 함께 즐거워했다. 그래서 그 순간들은 지금도 잊히지 않고 내 인생 최고의 행복했던 순간으로 기억되고 있다. 그 시간 속으로 다시 돌아가고 싶다.

한편 나는 유치원에서조차 획일적, 주입식 교육이 이뤄지는 모습을 안타깝게 생각하고 있던 차에 미국 AMI(몬테소리 연구원)의 교육 프로그램을 접하게 되었다. 몬테소리 교육은 아동의 자기발달에 적합한 환경을 만들어 줌으로써 자율성을 키워주는 아동 중심 교육 프

로그램이다. 지금은 몬테소리 교육이 많이 알려져 있지만 당시에는
이 프로그램을 아는 이들이 많지 않았다. 나는 바로 미국에서 몬테소
리 교육 프로그램을 도입하여 우리 유치원 원아들에게 몬테소리 교
육을 실시하였다. 다른 곳보다 앞서 아동 중심의 교육을 시행한 것이
다. 또한 몬테소리 교사 교육원도 함께 운영하면서 우리나라 유치원
교육의 발전을 위해 내 젊은 시절을 바쳤다.

그때 초이유치원을 다니던 아이들은 어떻게 자랐을까? 다들 훌륭
하게 성장하여 행복하게 살고 있으리라 믿는다. 그 아이들이 그립고
보고 싶다. 아이들이 뛰어 놀던 곳은 없어졌지만 행복했던 추억만은
늘 마음속에 간직하고 살기를 바라며 축복을 보내고 싶다.

그 시절 유치원이 있던 자리가 지금의 미승빌딩이다. 딸 유라도 미
승빌딩에서 자랐으며 매각될 때까지 그곳은 우리 가족의 보금자리이
기도 했다. 그런데 부동산 바람이 불자 그 빌딩은 몇 백억 원대로 가
치가 상승하였다. 그러자 사람들은 나를 부동산 투기꾼이라며 의혹
의 눈길을 보냈다. 그리고 결국 그 순수하고 예쁜 아이들과의 추억이
서린 미승빌딩은 나에게 씌워진 뇌물죄로 헐값에 처분할 수밖에 없
었다.

나는 유치원을 운영하느라 바쁜 중에도 가족들과 보내는 시간을
소중하게 생각했다. 특히 유라 아빠와 나는 여행을 좋아해서 가끔씩
시간을 쪼개어 여행을 다녔다. 유라가 초등학교에 다닐 때는 유라 친
구들의 부모들과 함께 여행을 다니면서 아이들이 즐겁게 뛰어 노는

모습을 보며 행복해 하기도 했었다. 또 뜻이 맞는 엄마들끼리 친구가 되어 우정을 나누며 롤러스케이트도 타고 스키도 타러 다녔다. 아빠들은 또 그들대로 정을 나누며 친해지기도 했다.

그렇게 좋은 관계를 유지하면서도 아이 교육을 위한 경쟁은 치열했던 것 같다. 유라가 초등학교 다닐 때 받아쓰기를 틀려 오면 호되게 혼냈던 일이 기억난다. 그까짓 것이 뭐라고 어린 아이를 그렇게 다그쳤는지 지금 생각하면 후회스러울 뿐이다. 아이를 위한다기 보다 모두 엄마들끼리의 경쟁이었던 것이다.

그러던 내가 왜 정치에 말려들었는지 정말 후회스럽다. 차라리 이렇게 될 줄 알았으면 공식적인 직책을 맡아 당당하게 일을 했었으면 좋았겠다는 생각이 들기도 한다.

어느 날 갑자기 터진 JTBC의 태블릿PC 보도는 나의 삶을 완전히 뒤집어 놓았다. JTBC는 태블릿PC의 습득 경위를 세 번이나 바꿨다. 처음에는 독일의 버려진 쓰레기통에서 주웠다고 하더니 미승빌딩에 방치된 지하실에서 습득했다고 말을 바꿨다. 그러더니 세 번째는 그럴듯하게 더블루케이 사무실 관리인을 내세워 고영태 책상에 있던 것을 가지고 왔다고 한 것이다. 처음부터 사실이 아닌 얘기를 하다 보니 자신들도 헷갈린 모양이다. 나 한 사람에게 국한된 것이 아닌 대통령과 관련된 보도를 어떻게 거짓으로 만들어 낼 수가 있는가. 그런 정보를 어디서 입수했는지, 그런 의혹 보도를 사실 확인도 없이 쏟아낸 이유가 뭔지 그들은 진실을 말해야 한다. 그 보도로 인해 한 나라의 대통령이 탄핵 당하는데 불을 지폈고 국정농단 사건의 단초 역할을 했기 때문이다. 나는 그렇게 갑자기 박근혜 정권의 비선실세가 되어 각 기업으로부터 뇌물을 많이 받은 사람으로 낙인이 찍히기 시작했다.

앞서도 말했지만 박 대통령이 대구 보궐선거에 나가기 전까지만 해도 우리 가족은 여느 가정이나 마찬가지로 평온한 삶을 누리고 있었다. 그런데 그 평온이 박 대통령 옆에 서게 되면서 모든 것이 조금씩 무너져 내리고 있었던 것이다.

나는 박 대통령의 그림자로 있으면서 우리 가족보다는 박 대통령을 위한 일에 더 신경을 쓰고 있었다. 자연히 딸아이와 대화할 기회가 줄고 유라 아빠와도 부부간의 오붓한 시간을 가질 수가 없었다. 우리는 점점 모르는 사이에 남의 삶에 끼어들어 살아가고 있었다. 이제는 평범한 어느 가족같이 살아가긴 힘들게 되었다. 유라 아빠도 각종 의혹에 말려들어 힘들어 했고, 유라는 안민석 의원이 제기한 의혹에 멍들면서 그때부터 그 아이의 인생은 산산조각 갈라져가고 있었다.

유라 아빠는 2014년 1월 공직비서관실에서 작성한 동향보고서에 비선실세로 기명되는 일이 있었다. 그때는 이미 박근혜 의원 비서실장을 그만둔 지 7년이 지났을 때였는 데도 여론은 그를 가만두지 않았다. 그때부터 언론에서는 유라 아빠를 비선실세로 몰아가고 싶어 했고, 유라 아빠는 그 일로 많은 상처를 받았다. 그는 경찰의 포토라인에까지 서고 검찰 조사를 받았으나 드러난 사실은 없었다.

그때부터도 박 대통령의 비선실세를 만들어 내기 위해 유라 아빠를 이용한 것이 아닌가 생각한다. 그런데 당시에는 국민들의 여론 형성이 지금만큼 되어 있지 않았고, 유라 아빠가 아버지 최태민의 자녀가 아닌 사위이기 때문에 연결고리가 조금은 약하지 않았나 싶다. 그래서 내가 지금 당하고 있는 것만큼 의혹과 비판을 만들어내진 못했던 것 같다. 그럼에도 불구하고 그 역시 마음에 큰 상처를 입고 예전의 자신의 삶으로 돌아가지 못하고 있다.

02

나의 가족

사랑하는 나의 딸, 유라

참 불행한 아이다. 성악가를 꿈꾸며 예술중학교에 입학했지만 중도에 포기했다. 중학교 시절 성악을 전공하면서 유라는 나름 그쪽 분야에 실력을 인정받고 있었다. 그런데 어느 날 어릴 때부터 타던 승마를 하겠다고 고집을 부렸다. 말려 보기도 했지만 소용이 없었다. 그때 더 완강히 반대를 했어야 했는데 자식 이기는 부모 없다는 말이 괜히 있는 게 아니었나 보다.

유라는 성악을 포기하면서까지 선택한 승마를 지속하고 싶어 했지만 그 꿈은 오래가지 못했다. 안민석 의원의 공주승마 의혹 제기로 그 아이의 꿈과 인생은 망가지고 추락했다. 당당히 실력으로 딴 국가대표 선수 자격을 조작된 것이라는 것이다. 그것도 국회 문화관광체육위 위원이 2014년 대정부 질문에서 그런 의혹을 제기하다니 기가 막힐 노릇이었다. 승마협회에서도 국가대표 선수가 되는 것은 조작이 불가능하다고 증언했음에도 그의 의혹 제기는 계속되었다.

국가대표 선정은 12개월 동안 취득한 점수를 승마협회 인터넷 사이트에 올린 뒤 전체 점수를 합산해서 공정하게 순위를 정하기 때문에 조작할 수가 없다. 그도 자식을 키우고 있을 것이다. 대한민국의 국회의원이라는 직책을 가지고 있는 공인이라면 적어도 어린 자식을 건드리는 일은 삼갔어야 한다. 그런데 왜 그렇게까지 해야 했을까. 박 대통령과 내가 친분이 있고 누군가의 딸이기 때문에 내 가족을 거론하면 여론의 관심을 얻고 본인 이름 석 자가 기억될 것이라 생각했던 듯하다. 국민의 대표로 선출된 국회의원은 국민 전체의 이익을 대변하고 보호해야할 의무가 있는 것인데, 그는 자신의 인지도를 높이기 위해 잘못된 판단을 했던 것이다.

안민석 의원 지역구에도 국가대표인 황 모 선수가 있고 그 선수도 기업에서 후원을 받는다. 그런데 유난히 나의 딸 유라만을 건드리는 것은 순수한 의도는 아닐 것이다. 그렇게 기업체 후원을 받는 문제를 제기하려면 각 선수마다 다 해야 한다. 어떤 선수는 아버지가 협회장을 20여년 이상 맡고 있는데, 그 협회에서 구입한 말로 버젓이 연습을 하는데도 눈을 감고 있다. 또 미성년자인 선수들에게 제기되는 여러 문제에 대해서도 다들 침묵하고 있다. 유독 우리 딸만 건드리는 저의는 누가 보더라도 순수하게 보이지는 않을 것이다.

아직 세상을 모르는 미성년자에게 정치적 덫을 씌워 고통과 충격을 안기는 행위는 너무 잔인한 일이다. 한 정치인의 정치 생명을 유지하기 위해 앞길이 구만리 같은 아이의 삶은 몰락하고 만 것이다. 안 의원 때문에 상처받고 SNS상의 바보가 된 유라는 사춘기를 이겨

내지 못했다. 그리곤 스스로를 무너뜨려 버렸다. 학교 공부에도 승마에도 모두 손을 놓았다. 엄마인 나를 원망도 하였다. 나는 그때 어미로서 상처투성이가 된 딸의 마음에 무엇 하나 해줄 수 있는 게 없었다. 그런데도 안 의원은 끊임없이 의혹 제기를 하고 다녔다. 남의 말하기 좋아하는 사람들은 아이를 속물 취급하고 인터넷에는 유라에 대해 부정적인 말들이 시커멓게 도배가 되었다. 아이의 속도 새까맣게 타들어가고 있었다.

아이의 미래와 삶을 삼켜버리고도 아무런 가책도 느끼지 않는 안민석 의원, 그의 모습에서 어두운 대한민국의 미래가 보이는 것 같다. 그가 추종자들과 '유럽여행'까지 하면서 찾아온 것들은 무엇일까? 숨겨놓았다던 나의 막대한 비자금, 페이퍼컴퍼니는 잘 찾아냈는지, 그것에 대해서는 아직 말이 없다. 아니면 아니라고 얘기할 용기조차 없는 사람이다. 누구의 말을 근거로 그 많은 돈을 써가면서 유럽까지 갔을까? 그 돈은 또 누가 댔을까?

유라 아빠도 여론에 휘둘린 상처로 멍투성이가 되었다. 결국 우리 부부는 서로 다른 길을 걸어가야만 했고, 그렇게 우리 가족은 뿔뿔이 흩어졌다. 지금 유라는 대한민국의 어느 곳에서도 보호해 줄 사람 없는 고아나 다름없는 신세가 되었다. 부모는 헤어지고 친척들도 돌아보지도 않고 엄마는 감옥에 있으니 황량한 광야에서 홀로 거센 비바람을 맞고 선 모양새다. 나로 인해 유라의 삶은 엉망진창이 되어버렸지만 부디 이 시련을 씩씩하게 극복하고 아이와 함께 잘 살아가길 바랄 뿐이다.

　월요일은 딸과 손자가 오는 날이다. 주말 내내 혼자 있는 시간이
길다 보니 더욱 아이들에 대한 그리움이 깊어진다. 일주일 만에 만
나는 손자는 아직 철이 없어 장난만 치다 간다. 그래도 이 상황에서
밝고 명랑하게 크고 있는 것이 얼마나 다행인지 모른다. 수시로 보고
싶고 그립지만 혹여 아이가 할머니의 상황을 어떻게 생각할까 우려
되는 마음도 있다. 아직은 아무것도 모르는 손자가 조금 있으면 인터
넷을 접하게 될 것이고 세상을 알아갈 텐데, 세상의 비정함에 상처를
받지나 않을까 걱정된다. 내가 살아있다는 것이 그 아이에게 상처와
분노가 되지는 않을지 두렵다.

다정다감했던 나의 아버지

　최태민의 딸, 그분의 딸이기 때문에 평생 따라다니던 수식어이자 내 마음의 상처이기도 했다. 나의 아버지는 이 세상에 와서 말로 다 표현 못할 만큼 마음의 고통과 한을 지닌 채 세상을 떠난 참으로 불행한 분이다. 일제강점기에 태어나 6·25전쟁을 겪어야 했던 세대로 크고 작은 어려움을 견뎌낸 삶들은 그 시대를 살았던 분들이 똑같이 경험한 일일 것이다.

　아버지나 나나 박 대통령을 만난 건 아마도 운명이겠지만 그것은 불행한 삶의 시작과도 같았다. 그러나 그때는 그것이 어떤 운명인지 알 수가 없었다. 누구나 말하기 좋아하는 사람들은 권력자의 가까이에 있었으니 얼마나 그 후광을 받았겠는가 하고 생각할 것이다. 그러나 그때는 모두가 하루 세끼 먹고 살기 위한 몸부림, 또는 조금 더 잘 살기 위한 생존경쟁을 하던 시기가 아니었던가. 그것 외에 무엇이 더 있을까? 전쟁을 겪었던 시대의 어르신들 중 탄탄대로에 힘들지 않은 삶을 살았던 사람이 오히려 비정상적이지 않은가 생각해 본다.

그 속에서 우리 가족은 박 대통령을 알았다는 이유로 그동안 많은 질시와 모함 속에 고통을 감내해야만 했다. 사람의 만남이나 인연은 우연이 아니라 어쩌면 이미 태어날 때부터 운명으로 정해져 있는지도 모른다. 박 대통령과 아버지 그리고 나, 그것은 적어도 우연이라기엔 너무 숙명적인 만남이었다는 생각이 든다. 세간에서는 아버지가 박 대통령을 홀려 심령을 움직였다고 쑤군대는데, 과학이 세계를 지배하는 시대에 어떻게 한 개인이 다른 사람의 마음을 좌지우지할 수 있다는 말인가.

그 당시 중앙정보부에서 만들어낸 그 간악스러운 모함은 그들의 권력에 대한 탐욕에서 시작된 일이다. 그 모함의 끝은 나중에 박정희 대통령을 시해하는 것으로 나타났다. 그러한 끔찍한 기획 속에서 나의 아버지를 희생양으로 앞세운 것이다. 무서운 사람들이다. 지금도 그때의 일을 생각하면 온몸에 공포와 두려움이 몰려온다.

그때 그들의 권세는 대한민국 전체를 휘두를 정도였다. 권력을 가지고 있으니 그 위세를 떨칠 수는 있겠지만 그 권세를 대통령 시해 목적으로 남용하는 것은 있을 수 없는 일이다. 당시 정보부장은 박 대통령이 퍼스트레이디 역할 대행으로서 행하는 모든 행동들이 국민적 지지를 받는 걸 탐탁하게 생각하지 않았다. 그래서 박 대통령의 이미지에 흠을 내기 위해 나의 아버지를 이용하고 우리 가족을 희생시켰다. 박정희 대통령은 충신이 아니라 역적을 옆에 두고 있었던 것이다.

그 이후 우리 가족은 중앙정보부의 서슬 퍼런 가택 수색과 함께 한 사람씩 불려가 취조 수준의 조사를 받았다. 나는 지금도 그날의 공포를 잊을 수 없다. 언론과 방송 등에서는 아버지를 이 세상의 괴물로 만들기 위한 작업들이 이뤄졌다. 중앙정보부에서는 아픈 아버지를 병상에서 끌어내 몇날 며칠 밤샘 수사를 해나갔다. 사람들이 현혹되기 쉽도록 교묘한 의혹 덩어리들을 만들어내고 조작된 증거를 들이미는 방식으로 수사가 진행되었다. 아버지의 병세가 심해져 병원에 입원하시자 병원 출입을 봉쇄하고 음식까지 검열하였다. 가족들의 병원 출입마저 사전에 허가를 받아야 했다. 공포의 나날이었다.

처음 종교를 선택할 때 사람에 따라서는 특정 종교에 심취하기도 하고, 또는 방황하며 이리저리 옮겨 다니기도 한다. 그러다가 결국 자신의 인생을 붙들어준 한 곳을 정해 마지막 선택을 할 것이다. 그렇듯 아버지도 여타 종교를 알아보시다가 기독교로 전향하신 후 목사가 되기 위해 노력을 하셨다. 그렇게 우리 가족은 모두 기독교 신자가 되었으며 유라도 어릴 때 다니던 교회에서 세례를 받았다. 집안 식구들은 나름 충실한 신앙심으로 장로나 집사의 직분을 받아 활동하고 있다. 그런데 그들은 샤머니즘의 늪을 만들어 아버지를 빠뜨리고 주술사로 만들었다. 아버지가 주술로 박근혜 대통령을 현혹시켰다며 퍼스트레이디의 활동 영역을 줄이려 했던 것이다.

나의 아버지는 나를 끔찍이 사랑해 주셨다. 얼마 전 인기리에 방영

되었던 드라마 '황금빛 내 인생'의 주인공 아버지 같이 정말 딸에 대한 정성이 대단하셨다. 고등학교 다닐 때 도시락을 가져가지 않았다고 버스정류장까지 뛰어와서 전해주던 아버지, 비가 오는 날이면 우산을 들고 마중 나오시던 나의 아버지, 겨울에 언니 코트를 물려 입고 소매가 길어 민망해 하자 슬그머니 새 코트를 사다 주시던 아버지. 아버지는 물질적인 것뿐만 아니라 내가 무엇을 힘들어 하는지 나의 마음까지 헤아려주시고 함께 가슴 아파해 주셨다. 그리운 나의 아버지! 지금 누가 나를 그만큼 사랑해 주고 내 마음을 깊이 알아 줄 사람이 있을까. 아버지가 없는 지금 누가 그 아버지를 대신해 나를 위로해 줄 수 있을까. 여러 자식 중에도 아버지가 날 유난히 아끼셨던 것은 당신이 목이 마른 듯 하면 얼른 물을 갖다 드리고, 무엇인가 필요한 것 같으면 미리 눈치 채 준비해 드릴 줄 아는 잔정이 있었기에 그런 것이 아닐까 생각해 본다.

그런 아버지가 지금 너무 그립다. 세상은 아버지가 돌아가신 뒤에도 좋은 곳에서 편히 쉬도록 그냥 놔주질 않았다. 아버지가 가신지 20년이 넘었지만 지금도 계속되는 비판에 저승에서도 편히 계시질 못 할 것 같다. 연휴라 이틀간 방에 갇혀 있으면서 그리운 아버지를 생각하니 가슴이 메어온다.

특검에서는 20년이 지난 아버지의 장례를 또 언급했다. 장례를 조용히 치른 이유가 뭐냐는 것이었다. 어이가 없어 피가 거꾸로 솟아오를 지경이었다. 어떤 이들은 상을 당하면 널리 알리고 조문객을 받기

도 하지만 아버지는 조용히 가족끼리 장례를 치르길 원하셨고 우리
는 그 뜻을 따랐을 뿐이다. 정말 살아 있음이 황망하고 비참하다. 죽
을 수 없기 때문에 숨을 쉬고 있는 것뿐이다.

아버지와 박 대통령과의 인연

아버지는 1974년 8월 15일 육영수 여사님이 돌아가신 후 얼마 안되어 박 대통령을 아시게 된 것 같다. 국민들의 지지를 받던 육영수 여사님이 총탄에 맞아 돌아가시자 우리나라는 혼란에 빠졌고 무엇보다 안보가 크게 흔들리고 있던 상황이었다. 이러할 때 박 대통령은 어머니를 잃은 슬픔 중에도 국민들의 마음을 모으고 어려운 사람을 돕기 위해 팔을 걷어 부치신 것이다. 그분이 일으킨 새마음갖기운동은 국민들의 마음을 모으고 화합의 길로 가고 있었다. 밝고, 맑고, 깨끗하고, 순수한 마음을 갖자는 새마음갖기운동의 기틀은 그렇게 시작되었다. 국민들의 참여가 전국적으로 확산되면서 전국에 동·면까지 지부를 형성할 정도로 새마음갖기운동은 활성화되고 있었다. 그분은 구호에서 끝나지 않고 새마음병원과 새마음 무료병원을 개설하여 어려운 이들에게 실질적으로 도움을 주려고 노력하셨다.

그러나 경제적으로 어려웠던 시절에 무료병원을 운영하는 것은 결코 쉬운 일이 아니었다. 의사협회 의사들이 그들의 업무가 끝난 후 야간에 무료로 동참해줘야만 할 수 있는 일이었다. 그때 아버지께서는 의사를 설득하고 참여시키는 활동에 동참하셨으며 또 한의사회의 협조를 얻어 한방병원을 개설하는데도 큰 힘을 보태셨다고 한다. 그렇게 박 대통령을 도와 함께 일을 하면서 형편이 어려운 노인들이 무료 진료를 받을 수 있게 되었다. 그때 아버지가 앞장서 의사들을 설득하여 무료병원 개설에 도움을 드린 것이 박 대통령에게는 고마움으로 남았을 것이다.

새마음 무료병원에는 수를 셀 수 없을 정도로 많은 환자들이 몰려왔다. 형편이 어려운 노인들에게 무료로 치료를 해주자 다른 병원에서는 받아주지 않는 환자들로 북새통을 이뤄 발 디딜 틈이 없었다. 의사들이 야간에도 발 벗고 치료에 나서는 모습 또한 감동할 만한 아름다운 희생의 행렬이었다. 나는 그런 광경들을 보며 참 의인들이 아니면 할 수 없는 일이라 생각했다. 의료보험이 확대되지 않았던 그때 의사들의 헌신과 봉사자들의 참여는 그야말로 봉사와 나눔의 획을 그을만한 일이었다고 나는 생각한다. 무료병원이 널리 알려져 전국에서 찾아오는 분들이 많아지자 박정희 대통령도 그곳을 방문하신 일이 있었다. 박정희 대통령의 방문은 오늘날 전국민 대상 의료보험 확대의 주요한 계기가 되었다.

늘 그렇듯이 새로운 일을 시작하게 되면 시기와 질투, 반대편의 거센 비판을 받게 마련이다. 그런데 새마음갖기운동을 비판하는 세력의 한가운데 서 있던 사람이 바로 김재규 당시 중앙정보부장이었다. 역대 정권이나 더 오래된 역사에서 볼 수 있듯이 비판 세력들은 상대방을 음해하기 위해 잘 준비된 계략으로 사람들의 마음을 현혹한다. 그 그물에 아버지가 걸려든 것이다.

온갖 모략과 허위 사실 유포로 아버지와 박 대통령에 대한 의혹과 의구심은 걷잡을 수 없이 퍼져 나갔다. 사실만을 전달해야 할 언론과 방송에서조차 차마 입에 올리기 힘든 내용의 소설을 써서 전하고 있었다. 아버지가 심령술로 박 대통령의 마음을 흔들었다는 이야기부터 우리 조카아이가 아버지와 박 대통령 사이의 딸이라는 얘기까지 나왔다. 그러나 당시 우리 가족은 그저 지켜볼 수밖에 없었다. 치밀하게 기획되고 날조된 음해 공작을 어떻게 제어할 수가 있겠는가. 처음에는 가족들이 명예훼손으로 고소라도 해보자고 했으나 아버지께서는 박 대통령께 누가 될 뿐이라며 극구 반대하셨다.

아버지는 그 일로 협심증이 생겨 혈압이 오르고 심한 가슴앓이로 괴로운 나날을 보내셨다. 결국 김재규가 계획했던 대로 중앙정보부의 수사가 시작되었다. 아버지는 그 당시 서대문에 있는 고려병원에 입원해 계셨는데 거기서 밤낮으로 검찰 수사를 받았다.

그들은 집으로도 찾아와 온 집안을 헤집고 다니며 이 잡듯이 뒤졌다. 하다못해 장독대에 있는 고추장 독까지도 휘저어 보는 것이었다. 그때 마침 내가 집에 있었는데 나를 벽 쪽으로 밀어붙이더니 무턱대고 사진을 찍어댔다. 그 당시에는 무슨 압수수색 영장이 있었던 것도 아니고, 하라면 하라는 대로 따를 수밖에 없었다. 공포의 순간이었다. 아직 대학 초년생이었던 나는 무섭고 두려워 기절을 할 정도였다.

고려병원 주차장에는 연일 검은 제복을 입은 사람들과 검은색 차가 빼곡히 들어찼다. 가족들의 출입까지 제한되는 아버지 병실에서 밖을 내려다보면 그냥 걸어다니는 행인들조차 부러워 보였다. 그들이 누리는 자유가 그리웠고, 우리 가족은 왜 이렇게 고통을 받아야하나 하는 생각이 들었다. 날마다 수사관들이 병실을 드나들었고 수많은 증인들도 병원으로 불려왔다. 아버지는 열이 40도까지 올라 의식이 흐리고 숨을 쉬기도 힘든 상태에서 밤늦게까지 조사를 받아야했다. 중앙정보부의 위력을 뼈저리게 실감했던 때였다. 가족들도 모두 불려가 수사를 받는 일이 몇 달간이나 계속되어 학교도 갈 수가없었다.

아버지가 관련되었다는 비리에 대한 소문은 무성했으나 형사 처벌이 될 만한 증거는 하나도 발견되지 않았다. 그러나 그렇게 뒤져도아무 혐의가 나오지 않자 이번에는 박정희 대통령의 친국이 시작되었다. 대통령께 불려가 친국을 받고 오신 아버지는 그때까지 해왔던모든 일에서 손을 떼고 그냥 평범한 소시민으로 살아가겠다는 결정을 하신 것 같았다.

당시에 박근혜 대통령은 억울하게 음해를 당한 아버지를 위해 아무것도 해줄 수 없었다. 퍼스트레이디 역할을 했지만 어떤 권력을 움직일 수 있는 권한이 있던 것은 아니었던 모양이다. 이후 아버지는 그 허탈함과 비애감에 꽤 오랫동안 고통스런 나날을 보내셨다.

그 이후로 박정희 대통령이 돌아가시기 전까지 우리는 박 대통령과 일체의 연락이나 접촉을 할 수 없었다. 그리고 얼마 후 1979년 10월 26일 박정희 대통령이 김재규에게 시해 당하셨다는 비보가 들려왔다. 김재규는 박정희 대통령 서거 후 새로운 정부를 구성하려고 했었는지 모르겠지만, 그러나 그의 꿈은 실현되지 못하고 결국 법정에 서게 되었다. 권력에 눈이 멀어 박정희 대통령의 눈을 가리고, 퍼스트레이디인 박 대통령의 사회 활동을 막기 위해 내 아버지를 희생양으로 만들었지만 실패하고 만 것이다.

그 당시 박근혜 대통령을 국민들과 멀리 떨어뜨리기 위해서는 내 아버지를 이용하는 것이 가장 수월했을 것이다. 그래서 비리혐의나 의혹을 끊임없이 만들어 박정희 대통령께 보고했었던 것 같다. 그 당시 그렇게 김재규가 만들었던 허위 수사기록은 폐기하기로 했던 문건인데도 아직까지도 떠돌아다니며 우리 가족들을 괴롭히고 있다. 그 기록이 어떻게 남아 어떤 식으로 유출되었는지 모르지만 우리나라 정치사에서 한 번 찍힌 오점은 그 흔적이 없어지지 않는다는 것이다. 아마 내 흔적도 오래도록 남겨져 딸과 손자, 우리 가족들을 괴롭힐 것이다.

강원도 유배, 이후
박정희 대통령 기념사업까지

1979년 10월 박정희 대통령이 돌아가신 후 그해 12.12사태를 거쳐 신군부가 들어섰다. 대통령 시해 사건의 합동수사본부장을 맡았던 전두환 보안사령관이 실세로 등장한 것이다. 그는 박근혜 대통령이 국민의 신임을 얻어 정치를 시작하면 자신들의 앞길에 방해가 된다고 생각했던 것 같다. 박 대통령을 걸림돌이라고 생각한 그들은 그분을 견제하기 시작했다. 그러면서 또 나의 아버지를 이용했다.

그 시절이 박 대통령에게는 가장 암울하고 힘들었던 시기였을 것이다. 어머니에 이어 아버지까지 비극적으로 잃고 아무런 준비도 없는 상태로 부모님이 사시던 신당동 집으로 쫓기듯 나가셨다. 그리고 극심한 좌절 가운데 거의 가택 연금과 같은 상황에서 생활을 하셔야 했다.

전두환 정권은 우리 가족에게도 제재를 가해 왔다. 3허(許) 씨에 의해 주도된 박해와 감시로 인해 우리 가족이나 아버지는 박 대통령을 만날 수조차 없었다. 3허 씨는 전두환 정권의 핵심 인물들로 삼청교육대를 만드는데 앞장섰던 이들이다. 언론과 월간지에서는 있지도 않은 사생활 이야기를 마구잡이로 써 내려갔고 각종 거짓 뉴스가 퍼져 나갔다. 아버지와 우리 가족의 가슴은 또다시 멍이 들었다. 무고하게 당하면서도 권력 앞에 어쩔 수 없는 아버지가 가엾고 불쌍해 보인 건 처음이었다.

1979년 10월 신군부 측에서 먼저 아버지를 불러 조사했다. 그러나 범죄사실이 드러나지 않자 이번에는 아버지를 강원도로 보내 격리시켰다. 박 대통령의 사회 활동을 막기 위해 아버지와의 교류를 미리 차단시키려는 처사였다. 조선시대도 아니고 자유 대한민국이라는 나라에서 유배를 보낸다는 것이 있을 수 있는 일인가. 그렇게 박 대통령을 알고 난 이후 우리에겐 늘 이해하기 힘든 그런 박해와 보이지 않는 보복이 끊임없이 따라다녔다.

강원도로 홀로 유배 가신 아버지의 고생과 고통은 말할 것도 없지만 그 당시 엄마도 회한과 고통의 시간을 보내야만 했다. 엄마는 허락되지도 않은 아버지와의 만남을 위해 추운 겨울에도 그 멀고 험한 길을 다녀야 했다. 집에 아이들을 남겨 둔 채 생이별한 남편을 찾아 그 험하고 먼 길을 오가야 했으니 그 고생이 오죽했을까! 옛말에 '인제 가면 언제 오나'라는 말이 있을 정도로 그 당시까지 강원도 인제는 외지고 험한 곳이었다. 아흔아홉 굽이 인제 고개를 넘어야 강원도의 숨은 보안사(保安司)부대가 있었다. 아버지에 대한 그리움에 엄마를 따라 그 험한 고갯길을 넘어 몰래 아버지를 만나러 간 적이 있었다. 엄마와 나는 아버지를 만나자 아무 말도 못하고 단지 손만 부여잡고 울음바다를 이루었다.

외동딸로 태어나 고생을 모르던 엄마는 그 어려운 상황에서 아버지와 가족을 지키기 위해 온갖 애를 다 쓰셨다. 그렇게 사랑이 넘치는 분이셨지만 마지막 돌아가실 때는 화병이 쌓여서 숨도 제대로 쉬지 못하셨다. 어머니의 고통스러웠던 임종 장면이 마음 한 구석에 남아 늘 나의 마음을 괴롭힌다.

전두환은 정권을 잡은 후에도 박 대통령과 내 아버지에 대한 제재를 풀지 않았다. 박 대통령의 모든 활동을 감시했기 때문에 그분은 출입이 거의 제한된 상태에서 자택에 칩거를 하셨다. 우리 가족들도 일거수일투족이 모두 감시 대상이 되어 박 대통령과 만나는 것은커녕 연락도 제대로 하지 못했다. 그 시절 그분은 한없는 외로움과 배신감, 절망의 나날을 보내셨으리라.

그 무렵 박정희 대통령에 대한 비판과 매도는 극에 달했다. 한때는 그렇게 드높던 박정희 대통령에 대한 찬사가 완전 부정적으로 바뀐 것이다. 전두환 정권이 '박정희 지우기'를 시도하면서 언론과 방송 등에서는 박정희 대통령을 독재자로 매도하는 분위기였다. 차츰 국민들이 등을 돌리는 모습을 보면서 누구보다 괴로운 건 그분이었을 것이다. 경제개발5개년계획의 추진으로 우리나라의 경제를 일으킨 박정희 대통령의 공적을 국민들은 그렇게 잊어가고 있었다.

보다 못한 박 대통령이 박정희 대통령 기념사업회를 시작한 것이 아마 전두환 정권 말기 때가 아닌가 싶다. 더 이상 자신의 아버지가 매도되고 역사가 왜곡되는 모습을 보고 있을 수만은 없다고 생각한 것 같다. 어린이회관 안에 박정희 대통령의 기념사업회 사무실을 열면서 예전에 새마음갖기운동을 함께 했던 사람들이 모이기 시작했다. 박정희 대통령에 대한 국민들의 시각도 점점 좋은 쪽으로 바뀌어 가고 있었다. 전두환 대통령이 가장 두려워했던 일들이 시작되고 있었다. 아버지도 그때는 강원도 유배생활이 끝나 서울에 돌아와 계셨기에 주변의 만류에도 불구하고 박 대통령의 기념사업을 도우셨다.

그러나 대한민국의 흑역사는 누구든지 앞서 나가는 것을 그냥 두고 보지 않는다. 박정희 대통령 기념사업의 일이 마무리될 즈음 이영도라는 사람이 데모대를 이끌고 와 박근혜 대통령을 육영재단 이사장직에서 물러나라고 했다. 그때도 내 아버지를 희생양으로 내세웠다. 육영재단의 회계에 관여하고 공금을 유용했다는 것이었다. 그 일의 시작은 박 대통령의 여동생이었다. 그때 이후로 두 분의 사이는 껄끄러워진 것 같다. 그러나 그분은 재단에 대한 미련이나 욕심이 없었기 때문에 순순히 어린이회관을 떠나셨다. 언론과 방송에서는 동생과의 다툼으로 크게 떠들어댔으나 그분은 그냥 시끄러운 게 싫어 스스로 물러나셨다. 아버지의 기념관이 훼손되고 또 다시 국민들의 매도를 당할까 걱정이 되었던 것이다.

이후 박 대통령은 그야말로 혈혈단신으로 평범한 삶을 사셨다. 외부활동은 자제하고 독서와 글쓰기에 몰두하셨고 가끔 자택 가까이에 있는 선정릉으로 산책을 나가기도 했다. 그때 틈틈이 써 둔 글을 모아 『평범하게 태어났더라면』이라는 제목의 수필집을 내기도 하셨다. 그렇게 수필가로 자리잡고 마음을 정리해 가시는 것 같았다. 그렇지 않았으면 삶을 지탱하기가 어려웠을 것이다.

한편 중앙정보부와 신군부에 당한 일로 협심증과 고혈압 등 병을 얻으신 아버지는 종종 응급실로 실려가시곤 했다. 그러던 1994년 5월 어느 날 갑자기 고혈압이 악화되어 병원도 가기 전에 돌아가시고 말았다. 편찮으시긴 했지만 그렇게 갑자기 떠나실 줄은 몰랐기에 우리 가족은 전부 넋이 나갔다. 그러나 슬퍼할 새도 없이 우리는 평소 아버지가 원하셨던 대로 조용히 장례를 치르기로 하고 극히 가까운 분들에게만 알렸다. 언론에 알려지게 되면 돌아가신 분을 다시 한 번 고통 속에 빠뜨릴 것 같은 걱정도 있었고 우리 가족 또한 더 이상 다른 사람의 입에 회자되는 것도 싫었기 때문이다. 평소 다니던 교회에서 기독교장으로 모셨다.

자랑스러운 할아버지

나의 할아버지 최윤성 님은 일제강점기 때 독립운동을 하신 분이
다. 나는 할아버지를 한 번도 뵌 적이 없어 할아버지에 대한 기억은
없다. 단지 할머니로부터 종종 할아버지 이야기를 전해 듣곤 하였다.
아버지도 할아버지께서 늘 집을 비우셨기 때문에 할아버지와 함께
보낸 기억은 별로 없다고 하셨다.

당시 할아버지께서는 독립운동 단체의 자금책을 맡아 활동하셨다
고 한다. 자금책은 독립운동을 지원하기 위해 꼭 필요한 일이면서도
전국을 돌아다니며 자금을 모아야 하기에 상당히 위험하고 어려운
일이었을 것이다. 그렇게 할아버지께서 독립운동을 하느라 집안일
을 돌보지 못하시니 할머니와 가족들은 무척 고생을 하셨다고 한다.
그러던 어느 날 할아버지께서는 잠시 집에 들렀다 떠나신 후 영영 소
식이 없으셨다고 한다. 할머니께서는 생사를 모른다고 하셨지만 아
마도 독립자금을 운송하시다 일제 경찰에 잡혀 처형되지 않으셨을

까 생각된다.

　노태우 대통령 시절 할아버지의 업적이 인정되어 독립유공자 추서를 받을 수 있었다. 독립유공자로 추서되고 세종문화회관에서 열린 3·1절 기념식에 가족 대표로 처음 초대되어 나갔을 때는 눈물이 하염없이 흘러내렸다. 나라를 찾기 위해 고생하시다 가족들도 모르는 어느 곳에서 외롭게 돌아가셨을 할아버지의 명예를 이제야 찾아드렸다고 생각하니 감회가 새로웠다.

　그 후 정부로부터 대전 현충원에 위패를 안치시키라는 연락이 왔으나 즉시 실행하지를 못했다. 그러다가 우리 가족들에게 닥쳐온 거센 세파를 맞다 보니 할아버지를 현충원에 모시지 못한 게 마음에 한으로 남는다. 지금은 용인에 있는 부모님 묘소 위쪽에 위패로만 할아버지 영혼을 모시고 할아버지에 대한 애틋한 마음을 달래곤 한다.

　아버지는 할아버지의 생사 여부를 몰라서 마냥 그리워만 하다 세상을 떠나셨다. 언제 돌아가셨는지 어디서 마지막을 보내셨는지 알 수가 없으니 기일도 모른 채 할아버지를 기려야만 했다. 이제는 그렇게 간절히 그리워했던 할아버지를 하늘나라에서 꼭 만나 두 분이 부자간의 정을 충분히 나누시길 바란다.

03

박근혜 대통령과의 인연

존경과 신뢰

　나는 1970년대 20대 학창시절에 봉사활동에서 박 대통령을 처음 뵈었다. 인연인지 악연인지 모르겠지만 결국 죄 없는 박 대통령이 구속되어 비참한 삶을 사는 것이 나의 잘못임을 뼈저리게 느끼면서 차라리 만나지 않았으면 좋았을지도 모른다는 생각이 든다.

　그 당시 대한민국은 북한의 도발 위협으로 안보상황이 매우 어지럽고 국민들은 분열과 갈등을 겪던 시대였다. 그때 그분이 국민 통합을 위해 내건 새마음운동은 나에게 참으로 신선하게 다가왔다. 밝고, 맑고, 깨끗한 우리 민족의 순백한 기를 모아 살리자는 새마음운동은 많은 사람들의 동참을 이끌어냈다. 나는 대학생 연합회의 일원으로 새마음갖기운동에 동참하여 새마을 야간학교에서 한 과목을 맡아 가르치기도 했다.

　처음에 나는 평범한 대학생이었고 그분은 퍼스트레이디 역할을 하던 때라 멀리서만 바라볼 수 있었다. 대학을 갓 졸업한 나이임에도 어머니를 잃은 상처를 딛고 일어나 어려운 이들을 돕는 일에 앞장서는 모습을 보고 나는 그분에게 매료되었다. 비록 나이는 크게 차이가 나지 않지만 나의 마음속에 본받고 싶고 존경하고 싶은 마음이 강하게 자리매김하기 시작했다. 그 후로 나는 퍼스트레이디가 진행하는 행사에 학우들과 동참하면서 무척 보람되고 즐거운 시간을 보냈다. 그러면서 그분의 철학을 조금씩 이해해가며 도와드리고 싶은 마음이 생기게 되었다.

박정희 대통령 서거 이후 오랫동안 살아왔던 청와대를 나오셨을 때, 그 아프고 허전한 마음을 같이 나누고 위로해 드리고 싶었다. 그것은 내 마음에서 저절로 우러나온 진심이었다. 한창 개성이 강한 학창시절이라 누가 시킨다고 할 때는 아니었다. 그러나 우리나라 정치 상황은 그것조차 인정하지 않았다. 그분 주변에는 늘 감시의 시선이 따라다녔고 견제 세력도 많았다. 주변시선 때문에 혹여 그분에게 해라도 될까 걱정되어 멀리서 지켜볼 뿐이었다.

그처럼 박 대통령과 알고 지낸지는 오래되었지만 실제로 만난 기간은 얼마 되지도 않는다. 그런데 지금 와서 언론과 방송에서 40년 지기니 경제공동체니 하는 것은 한 나라의 대통령을 지낸 분을 지나치게 비하하고 매도하는 표현이다.

사회생활을 하다 보면 뜻이 맞는 사람을 만나 친한 친구 사이로 평생을 갈 수도 있고, 단순히 업무로 만난 직장 동료라 하더라도 몇 십 년 지기로 가까워질 수도 있다. 그런 걸 다 경제공동체로 보지는 않을 것이다. 만약 그렇게 본다면 오히려 그 사람의 사상을 의심해야 한다. 나는 단지 학창시절부터 좋아했던 분을 신의와 신뢰로서 지켜드리려 했을 뿐 그 외에 그분에게 바라는 건 아무것도 없었다. 아버지도 박 대통령을 도우면서 많은 의혹과 견제를 받았지만 그분에 대한 신뢰가 있었기에 그 고초를 감당하셨던 것이다.

어느 날 나는 아버지께 왜 박 대통령을 그렇게 신뢰하시는지를 물은 적이 있다. 아버지께서는 그분만큼 명철하고 모든 분야에 박식하며 국가에 대한 애국심이 투철한 분이 드물다고 하셨다. 젊은 사람들이 읽기 어려운 중국의 고전에도 통달하고 있었으며 4개 외국어를 독학으로 능숙하게 구사할 정도로 지적으로도 뛰어난 분이라는 것이다. 또한 졸지에 어머니를 잃고도 보여준 강한 의지력으로 언젠가는 나라를 위해 크게 한몫을 할 분이니 도와드리고 싶다고 하셨다. 내가 보기에도 겉으론 약해 보이시지만 신념과 의지가 굉장히 강하시고 스스로를 절제하는 능력을 타고나신 분 같았다.

원래 어려울 때 만난 인연은 더욱 고맙고 잊히지 않는 법이다. 아버지와 나는 박 대통령이 어려움을 겪던 고비마다 마음으로 함께했고, 그래서 그분도 오랜 시간 신뢰를 가지고 지내셨던 것 같다. 그렇게 박 대통령과의 인연은 시작되었고 어쩌면 그것이 나의 운명이었는지도 모른다.

전통에 대한 관심과 애정

박 대통령이 1979년 10월 부친 박정희 대통령 서거 후 청와대를 나와 평범한 삶을 사실 때 외로움을 달래드리려고 아주 가끔 만난 적이 있다. 나는 당시 유치원을 운영하고 있던 때라 많이 바빴지만 그분의 외로운 길에 기꺼이 동행해 드리기로 한 것이다.

사실 그분과 동행하는 것은 매우 어색하고 어려웠다. 풍기는 모습에서뿐만 아니라 절제된 언어와 행동에서 나오는 보이지 않는 카리스마가 있었다. 선을 절대 넘어오지 말라는 그런 메시지였다고 할까. 물론 내가 그분을 대할 때 깍듯한 예의로 대했지만 그분도 또한 나에게 최 원장이라 부르며 존중해 주셨다. 어릴 때부터 청와대 생활을 해서인지 철저하게 절제된 언행으로 내공이 깊은 분이어서 뵙고 오는 날이면 긴장이 확 풀려서 온몸이 축 늘어질 정도였다. 그럼에도 왜 그분 곁을 지켰는가 묻는다면 그분이 겪어왔던 인생역정이 너무 가슴이 아팠기 때문이라고 대답하겠다.

박 대통령은 평소 우리 것에 대한 관심과 사랑이 많은 분이었다. 시간이 나면 우리나라와 민족의 뿌리를 찾는데 많은 시간을 할애하셨다. 용인에 가면 삼성이 세운 박물관에 우리나라에 자생하는 꽃만 심어놓은 정원이 있다. 우리 꽃은 화려하지는 않지만 정결하며 단아한 느낌의 아름다움과 특징이 있었다. 박 대통령은 답답하거나 시간이 날 때면 그곳을 즐겨 찾곤 하셨다. 어느 날은 어딘지 잘 기억이 나지 않지만 우리나라 자생식물만 심어 우리 꽃의 아름다움을 알리고 있는 분의 터를 방문한 적이 있었다. 그곳 관리자는 우리나라 토종식물들의 모종과 종자가 외국에 유출되었다가 품종 개량 후 로열티가 붙어 다시 우리나라로 역수입되는 안타까운 현실을 토로하였다. 그 말을 들은 박 대통령은 지금까지 우리나라가 간과하고 있던 우리 고유의 것을 살리는 문제에 대해 관리자와 긴 얘기를 나누셨다. 그만큼 우리 것을 보존하고 또 개발하여 외국으로 확산시켜 나가야 한다는 확고한 생각을 가지고 계셨던 것이다. 그것은 그분의 변치 않는 철학이었고 아무도 따라올 수 없는 민족 자긍심 그 자체였다.

또 우리 선조들의 발자취가 남아있는 사적지들을 찾아다니며 우리 문화재들이 제대로 보존되지 못하고 있는 모습을 보고 매우 안타까워하셨다. 문화재를 잘 보존하여 후손에게 남겨줄 때 앞으로 우리 문화도 융성하고 발전할 수 있다고도 말씀하셨다. 또한 '역사를 잊은 민족에게 미래는 없다'는 단재 신채호 선생의 말씀을 인용하시며 우리 역사를 바로 세워야 함을 설파하셨다.

그렇게 우리 문화 발전에 진심어린 애정을 갖고 계셨기 때문에 대통령이 되셨을 때 문화융성 사업에 많은 지원을 아끼지 않았던 것이다. 사익을 위해 문화재단을 만들고 재벌을 동원했다는 것은 결코 있을 수 없는 일이다. 부디 마음 깊은 곳에서부터 우러나는 진실함으로 우리 문화에 대해 그토록 관심과 사랑을 가졌던 그분의 진심을 왜곡하지 않았으면 한다.

대구 달성 보궐선거

　박 대통령은 평범한 삶을 살기를 원하셨다. 그래서 평소 자신의 삶을 돌아보는 글과 문화재와 유적지에 관한 글도 쓰며 평범한 생활에 잘 적응해 가고 있었다. 그런 그분이 정치를 하기로 결심했던 것은 우리나라에 갑자기 IMF 외환 위기가 터졌기 때문이다. 보릿고개를 넘으며 국민들이 합심해서 이룩한 기적의 역사가 무너지는 것을 보고만 있을 수가 없었다. 박정희 대통령의 경제개발 중심의 정치 철학이 몸에 밴 그분은 위기에 빠진 나라를 그냥 보고 있을 수 없었던 것 같다. 그렇게 해서 박 대통령은 대구 달성 보궐선거로 정치에 첫발을 내딛게 되었다.

　1998년 4·2 대구 달성 보궐선거에 나섰지만 아무것도 갖춰져 있지 않았다. 조직은 상대인 엄삼탁 씨에게 이미 넘어갔으며 지역구가 갑자기 문경에서 대구 달성으로 바뀌었다. 선거일까지 15일밖에 남지 않은 기간을 가지고 뭘 어떻게 할 수 있단 말인가. 천운이 따라야 가능한 일이었다.

대구 달성은 역대로 이름 있는 분들이 한 획을 긋고 간 곳이라 만만치가 않은 지역이었다. 그런데 박 대통령은 그동안 정치인이 아닌 야인으로 오래 살다보니 정치적 측근이 없었다. 게다가 그때는 김대중 대통령이 집권하고 있던 시절이라 상대인 엄삼탁 씨의 위세는 선거를 할 것도 없이 이겼다는 생각을 하는 것 같았다. 그 위세에 눌려 아무도 도와주려는 사람도 없었고 조직 명부도 없었다.

여당은 대구·경북 쪽 벨트를 석권하려고 적극적인 지원들을 하고 있었다. 그래서 박 대통령은 고민 끝에 여러 경로를 거쳐 어머니께 부탁을 한 것 같았다. 어머니는 나에게 같이 가자며 간곡히 얘길 했고, 나도 고민 끝에 유라 아빠에게 함께 가서 돕자고 권유했다. 그것이 우리 가족 시련의 시작이었다.

나는 아버지(최태민)의 딸로 알려져 있기에 전면에 나섰다가는 선거전을 의혹과 비난으로 몰고 갈까 염려되어 직접 나설 수 없는 상태였다. 유라 아빠는 아버지의 사위로 알려져 있지도 않았고, 그 당시 선거가 급박하게 돌아가서 '정윤회'라는 이름에 관심을 두는 사람도 없었다.

선거 15일을 남기고 지역구가 문경에서 대구의 맨 끝자락에 있는 달성으로 변경되었다. 그나마 문경은 박정희 대통령이 교편생활을 하셨던 곳이라 나름 선전할 수 있으리라 생각했던 것 같다. 하지만 대구 달성은 그 당시 여당의 실세이자 강력한 지원을 받고 있던 엄삼탁(예전 중앙정보국 기조실장 출신) 씨가 버티고 있었다. 그들은 이미 탄탄한 조직력을 동원하고 있었고, 조직 명단도 다 넘어간 상태였다. 각 방송사와 언론에서 실시한 예측조사에서는 20~30% 차이로 박 대통령이 지는 것으로 나왔다. 그러니 당에서도 관심을 내려놓고 관계자의 발길도 끊겼다. 마지막 선거전에 남은 건 유라 아빠와 대구 지구당 직원들 몇 명이 전부였다. 조직도 없고 당에서의 지원도 약해지자 초조해진 건 박 대통령이었다.

그분은 자신이 할 수 있는 일은 가능한 많은 주민들을 직접 만나는 것이라 생각했다. 하루 종일 주민들을 만나 손을 맞잡고 정치 소신을 얘기하며 유세를 이어갔다. 아침 일찍부터 시작해서 저녁 10시경이 돼서야 끝나는 일정을 꿋꿋하게 소화해 나가셨다. 본인이 생각하고 있는 소신대로, 그 철학대로 이루어낸 첫 정치 실험대였다.

저녁에 돌아오면 발이 퉁퉁 붓고 발뒤꿈치는 까져서 피멍이 드는 나날의 연속이었다. 또 악수를 많이 하다 보니 가느다란 손목이 퉁퉁 부어서 고통이 이루 말할 수 없었던 것 같았다. 그래도 박 대통령은 늘 새벽 5시면 일어나서 AFKN 영어 라디오를 들으면서 유세를 나갈 준비를 하였다. 아침 식사는 시리얼과 우유 등으로 대체해서 달리 어머니가 도와드릴 일이 없었다.

나는 서울과 대구를 오가면서 엄마와 함께 박 대통령의 개인적인 일을 도와드렸다. 유라 아빠도 지구당 직원들과 함께 숙소를 쓰면서 처음 해보는 정치임에도 불구하고 정말 열심히 뛰었다. 막강한 당의 지원을 받는 상대편과 싸우는 것은 쉬운 일이 아니었다. 그런데 내가 그때 느낀 점은 정치를 생판 모르는 사람이 하면 더 용감할 수 있다는 것이었다. 우리는 정치적으로 아무 이해관계가 없었기 때문에 도와드리는데 힘은 들어도 끝까지 견딜 수 있었다. 기성 정치인들은 승패 여부에 너무 집착하다 보니 여론조사에 흔들리고, 순수성이 떨어져 승률이 낮은 곳은 아예 접근도 하지 않으려 했다.

최소한의 실무팀으로 이뤄진 보궐선거는 그야말로 피 말리는 선거였다. 매일 발이 퉁퉁 부어서 들어오시는 걸 보면 가슴이 저리도록 아팠다. 드디어 마음 졸이는 선거날이 되었다. 최선을 다했지만 큰 기대는 하지 않고 있었다. 그런데 각종 여론조사에서 20~30% 밀린다던 예상을 뒤엎고 오히려 20% 정도의 격차로 상대방을 완패시키고 당선되는 결과가 나왔다. 그 완승의 바람으로 대구, 경북의 벨트가 살아났다고 모두들 기뻐했다. 박 대통령이 자신의 국정철학을 펼칠 수 있는 기회를 갖게 되었으니 그 순간의 감격은 이루 말할 수가 없었다. 그때 그 선거를 도운 인연으로 지금의 국정농단 사건을 맞이할지는 모른 채 말이다.

역사가 새로 써지는 순간이었다. 촉박한 일정에 조직력도 없이 사실상 최악의 조건에서 이길 수 있는 확률은 매우 낮았다. 그러나 그분의 강한 의지력과 함께 자기 자신을 내려놓고 직접 발로 뛰며 이뤄낸 승리였다. 예측을 뒤엎고 반전을 이룬 선전에 모두들 기적을 일궈냈다며 기뻐해 주었다.

달성 지역구 사무실에선 떠들썩하니 승리의 축하 자리가 펼쳐졌다. 별 관심도 주지 않던 중앙당에서도 축하 전화가 오고 난리가 났다. 하지만 누구 하나 나에게 나와서 보라는 사람은 없었다. 어머니와 나는 쓸쓸히 방에서 TV를 보면서 박수를 쳤을 뿐 사무실에 나가 축하하는 무리 속에 얼굴을 내밀 수가 없었다. 박 대통령 주변에 내가 있다는 것이 알려지기라도 하면 그 즉시 변질된 이야기가 만들어져 방송이나 언론을 통해 퍼져나가기 때문이다. 아버지 최태민의 딸이라는 굴레는 늘 나에겐 약점이었다. 다행히 유라 아빠 정윤회는 한 다리 건너 사위였기 때문인지 별로 큰 관심을 끌지 않았다. 그것이 계기가 되어 유라 아빠는 비서실장으로 일을 하며 박 대통령을 도와드리게 되었다.

그러나 박 대통령의 정치 영역이 넓어지고 당 대표까지 진출하게 되자 슬슬 말이 나오기 시작했다. 특히 그분이 새로운 당을 만들게 되자 정윤회 실장이 누구의 사위라는 것이 알려지면서 또 일부에서 의혹과 비판이 제기되었다. 집 앞에는 매일 기자들이 지키고 서 있어 거의 감금 상태나 다름없는 어렵고 힘든 시간이었다.

정 실장은 그 이후 비서실장직을 그만두었으나 끊임없이 제기되는 의혹은 그와 우리 가족 모두를 따라다녔다. 결국 2014년 11월 세계일보에 정윤회 문건 사건이 보도되었다. 청와대 박관천 경정이 작성하여 퍼뜨린 보고서에는 박 대통령을 움직이는 보이지 않는 힘이 있는데, 그 보이지 않는 힘의 중심에 나와 유라 아빠가 있다는 것이었다. 사실상 비선실세 논란의 전초였던 셈이다.

박 대통령이 국회의원이던 시절 비서실장을 그만둔 유라 아빠는 그 후에는 그분을 만나는 일도 없었다. 그런데 세계일보의 무책임한 보도로 인해 유라 아빠는 검찰 포토라인에 서게 되는 일까지 겪었다.

썩은 정치판에서 허우적대다

박 대통령은 그렇게 달성에서 보궐선거에 압승하여 당당히 국회에 입성을 하게 되었다. 그때쯤은 보좌관도 충원되고 국회 인력이 갖춰지게 되어 그분이 일하시는데 훨씬 도움이 많이 되었다.

보궐선거전이 승리로 끝나자 의혹과 비판이 슬슬 제기되면서 우리 가족과 돌아가신 아버지 얘기며 정윤회를 향해 화살이 쏟아지기 시작했다. 조선시대처럼 부관참시라도 하겠다는 건가, 왜 계속해서 돌아가신 아버지를 거론하는 것인지 모르겠다.

정실장이나 나는 늘 그분 곁을 떠나야 한다는 생각을 가슴 한편에 갖고 있었지만 어찌하다 보니 2007년에야 비서실장직을 내려놓게 되었다. 그러나 그분을 떠난 이후에도 우리 가족은 끊임없이 기사에 오르내렸고 그 여파로 가정에도 슬슬 금이 가고 있었다.

안민석 의원은 국회 대정부 질문에서 유라에 대해 공주 승마 의혹을 제기하기도 하였다. 그것이 일파만파 퍼져나가 아이는 마음에 큰 상처를 받는 상황에까지 이르게 되었다. 자신의 정치적 인지도를 높이기 위한 수단인지는 모르겠지만 그 이후에도 그는 끊임없이 유라에 대한 의혹 제기를 해댔다.

그러다 2007년 새누리당 대통령 선거 후보 경선이 있던 해였다. 박 대통령은 대통령 선거에 나가기 위해 경선에 출마했다. 상대는 이명박 대통령이었다. 그때 극심한 비방전이 시작되었고, 단골 메뉴인 우리 집안이 회자되었다. 아버지는 돌아가셔서 안 계시니 내가 주 타깃이 되었다. '김해호'라는 사람이 기자들을 모아놓고 인터뷰를 했는데, 내가 육영재단 돈을 횡령했다는 것이었다.

육영재단은 육영수 여사님이 어린이 복지 사업을 위해 설립한 재단으로 박 대통령이 처음 청와대를 나온 이후 이사장을 맡으셨던 적이 있었다. 그러나 이미 박대통령은 언론과 방송에서 동생과의 분쟁으로 매도당하는 것이 싫어 육영재단을 떠나신 뒤였고 박근령 이사장이 그 자리를 맡고 있었다. 게다가 내가 그 경영에 관여하거나 이권에 개입할 수 있는 입장이 아닌데 어떻게 횡령을 할 수 있겠는가.

김해호는 내가 본 적은커녕 이름을 들어본 적도 없는 사람으로 나를 모함할 아무런 이유가 없었다. 나중에 알고 보니 박 대통령의 경선 상대방 선거팀이던 모 의원 보좌관이 뒤에서 시킨 일이었다. 문제가 커지자 그 보좌관은 경선 때 잠적했다가 나중에 검거되었다.

언론과 방송에서는 사실 확인도 없이 그 사람의 주장을 그대로 보도하고 있었다. 그 인터뷰로 인해 나는 한순간에 범죄자가 되었고 우리 가족은 갈 길을 잃었다. 어떻게 당내 경선에서조차 상대방을 밀어내기 위해 이런 모략을 만들어 낼 수 있을까. 정말 이해가 되지 않았다.

매일같이 찾아오는 방송국과 언론사의 기자들 때문에 일상생활이 되질 않았다. 그때 유라가 초등학교 저학년이었는데 아이도 충격을 받아 집에 있을 수가 없었다. 마침 여름방학 때라 잠시 그 상황을 벗어나고 싶어 외국으로 나가 있었다. 한국에서 오는 소식은 접하고 싶지 않아 누구하고도 연락을 않고 지냈다. 그랬더니 그 당시도 지금과 같이 외국으로 도망을 갔다는 소문이 퍼졌다.

그 일이 있은 후 나는 너무 억울한 생각에 마음을 다잡고 김해호를 명예훼손으로 고소했다. 그런데 검찰에서는 피고소인인 김해호를 수사하는 것이 아니라 오히려 고소인인 나와 우리집을 대상으로 수사를 하고 있었다. 검찰의 수사는 늘 그렇듯이 자기들이 이로운 편에 서서 수사를 하는 것 같았다. 나는 강력히 반발하며 명예훼손에 대해서만 수사를 하라고 촉구했다.

그렇게 수사가 제대로 진행되지 않고 있던 어느 날 김해호의 담당 검찰 수사관이 미승빌딩 사무실로 찾아와서는 고소를 취하해 달라고 했다. 정말 기가 막힌 이야기다. 누군가 뒤에서 사주한 게 틀림없어 보이는 상황이었다. 어떻게 수사관이 고소를 취하해 달라며 고소인을 직접 찾아올 수가 있는가 말이다. 내가 거절하자 우리집으로 세무조사가 들어왔다. 하지만 육영재단과 관련된 불법자금이 나올 리가 없었다. 육영재단 운영에 개입한 적이 없으니 당연한 결과이다. 결국 김해호는 구속되었고 나에게 배상하라는 판결을 받았지만 출소 후 어디론가 사라져 버렸다.

결국 이명박 후보가 대통령으로 당선되었고 박 대통령은 평의원으로 정치생활을 이어나갔다. 나는 그때나 지금이나 정치에 직접 끼어들지 않았다. 그러나 박 대통령 곁에 있다 보니 늘 무슨 선거나 이슈가 있으면 여론의 화살은 나를 겨냥하고 있었다. 그럼에도 불구하고 그분 곁에 있었던 이유는 앞서도 얘기했지만 그건 단지 믿음과 의리 같은 것이었다. 그분의 고충을 외면할 수 없었던 나의 진심이다.

2012년 12월 19일 치러진 대선에서 그분이 대한민국 18대 대통령에 당선되셨다. 가슴에서 올라오는 뭉클한 기쁨과 감격에 눈물을 얼마나 흘렸는지 모른다. 그동안 정치적으로나 개인적으로 그분이 겪었던 어렵고 힘든 시간들이 주마등처럼 흘러갔다. 이제는 대통령으로서 자신의 포부와 국정철학을 펼치실 수 있게 되었으니 그분 곁을 떠날 때가 되었다고 생각했다. 가족들도 그렇게 하기를 강력하게 권유했다. 그러나 챙겨줄 가족 한 분 없는 박 대통령 곁을 떠난다는 것이 생각처럼 쉽지 않았다. 오히려 대통령이 되시니 뒤에서 챙길 일이 더 많아졌다.

청와대에 들어가시기 전에 비서를 통해 만나자고 연락이 왔다. 어려운 시간을 같이 해줘서 고맙다고 하셨다. 대통령이 되신 후 첫 만남이라 상당한 거리감이 느껴졌고 좀 두려웠다. 우리나라 최고 통수

권자가 되신 분 앞에 서니 다가가기도 조심스러웠고 뭐라 불러야 할지도 생각이 나지 않았다. 그때 '아! 이제는 이분을 더는 민간인으로 보기 어렵겠구나' 하는 생각을 했다. 비서가 그분 옆에 가까운 분이 없으니 청와대 들어가기 위한 준비를 도와달라고 해서 우리 빌딩을 관리하던 사람을 시켜 도와드리도록 했다.

혼자 사시는 게 익숙한 분이기는 했지만 주변의 소소한 일들은 직접 챙기지 못하는 것이 많았다. 게다가 워낙 검소하고 알뜰한 분이라 가지고 있는 물건이나 가구도 변변한 게 없었다. 에어컨도 옛날 금성사 제품이었고 선풍기도 골동품 같은 것을 사용하고 계셨기 때문에 도저히 청와대로 가져갈 수 없는 것들이 많았다. 당시 그렇게 개인적으로 챙겨줄 사람이 필요했기에 청와대 들어가실 때까지 그분 곁에 머물렀다.

하지만 대통령이 되시니 이제는 너무 높은 곳에 계신 분 같아서 옛날같이 대하기가 어려웠다. 말씀드리는 것 하나하나에도 조심스러웠고 어쩌다 만나 뵈어도 마주보는 것조차 불편하여 한동안은 그분과 멀리 떨어져 지냈다. 그러던 중 박 대통령이 국정 운영에 너무 무리한 나머지 편찮으신 일이 있었다. 물론 공식적으로 대통령을 보좌하는 이들도 있고 국내 최고의 의료진들이 잘 보살펴 드리겠지만 곁에서 가족처럼 수발해줄 사람이 필요했다. 그때 그렇게 청와대에 들어가게 된 것이 필연적인 인연의 연속이었던 것 같다.

한 나라의 대통령 위치에 있는 분 가까이에 있으니 내가 권력이나 명예를 좇는 사람이었다면 어떻게든 한 자리를 차지할 수도 있었을 것이다. 그러나 그때도 나는 함께 지내는 가족도 없는 그분의 허전한 옆자리를 채워 드려야 한다는 생각뿐이었다.

그 무렵부터 나는 가족들과도 소원해지기 시작했다. 정 실장과도 수시로 갈등을 겪었다. 사실 내가 아버지 딸만 아니면 우리 부부 사이는 문제가 없었다. 박 대통령을 옆에서 보좌하는 게 문제였다. 그는 아버지와 박 대통령에 엮여 언론의 주목을 받는 것을 극도로 꺼려 나에게 제발 박 대통령 곁을 떠나라며 수차례 권유하였다. 박 대통령을 떠나자니 의리를 저버리는 것 같고, 그대로 있자니 세상이 그냥 놔두질 않을 것 같고…, 그래서 나는 결국 그를 최태민의 사위에서 놓아주기로 했다.

그런데 그가 우리 가족을 떠나자 이제는 나의 존재가 더 부각되기 시작했다. 정윤회라는 이름의 방패가 없어지니 최태민의 딸, 최순실이라는 이름이 새롭게 주목받기 시작한 것이다. 아마도 그때부터 나에 대한 의구심이 더욱 증폭되었고, 그것이 비극적인 내 운명의 시작이었던 것 같다.

박 대통령이 취임식 날 입으셨던 한복에 대해서도 비선실세 1위가 해준 옷이라는 등 여러 논란이 있었다. 국민의 한 사람으로서, 아니 챙겨드릴 가족이 없는 박 대통령께 측근이 한복 한 벌을 해드리는 것이 그렇게 잘못된 일인지 묻고 싶다. 더구나 그날은 대한민국 대통령의 취임식으로, 대통령이 우리 민족의 상징인 전통의상을 입는 것은 더욱 의미가 있는 일이 아니겠는가. 특히 청색 치마 위에 붉은색 두루마기는 우리나라를 상징하는 색으로, 디자이너가 심사숙고하여 한국적인 정서를 담아낸 작품이었다. 누구나 조금만 생각해 보면 알 수 있는 사실을 왜곡하여 의구심을 만들어 내는 이들을 정말 이해할 수가 없다.

국가의 정책은 대통령의 철학과 정치관으로 움직이는 것이지 어느 한 개인이 뒤에서 좌지우지 할 수 있는 일이 아니다. 박 대통령은 누구보다 애국심과 역사관이 투철하시고, 남북관계에 대한 인식 또한 확실한 분이다. 박정희 대통령 시절 터득한 경제관 또한 누구도 따라올 수 없을 만큼 확고하고 그 분야에 대한 지식도 풍부하신 분이다. 국회의원으로 활동하시면서 당 대표까지 맡으셨던 경륜도 무시할 수 없는 것이다. 그런 분은 장담컨대 대한민국 헌정 사상 다시 나오지 않을 것이라 확신한다. 박 대통령의 큰 뜻과 확고한 정치 철학을 아무리 가까운 사람이라도 바꾸거나 함부로 정책에 관여할 수 없었음은 당연한 일이다. 비선실세란 말은 가당치도 않다.

청와대는 전임, 후임 대통령이 들어오고 나가는 일에 익숙해서인지 시스템이 완벽해 인수인계도 잘 이루어졌다. 하지만 여자 대통령은 처음인지라 여러 가지 면에서 부족한 점도 있었다. 청와대에 들어가신 후 많은 업체에서 의상 등 의전과 관련된 것들을 맡겠다고 연락을 해왔다. 그런데 유명 디자이너 옷은 너무 비싸고, 원래 유행이 좀 떨어진 듯한 정장 스타일의 디자인을 선호하시다보니 그 당시 유행하는 스타일의 디자이너들과는 호흡이 맞질 않은 것 같았다. 구두도 양 볼의 차이가 좀 있어서 일반 구두업계에서 소화하기엔 힘들었다고 하셨다. 그래서 내가 그분의 부탁을 받고 예전에 다녔던 구둣방과 옷집을 찾아다닌 게 비선실세 논란의 꼬투리가 되었던 것 같다. 나는 그렇게 또 그분의 일상을 돕기 시작했고 그것이 나의 운명을 완전히 바꿔놓게 될 줄은 몰랐다.

당시에도 나는 청와대에 들어갈 때 투명인간이 되어야 했고 비서 외에는 그 누구에게도 노출되지 않았다. 그분이 그걸 싫어하셨기 때문이다. 박 대통령은 나의 개인사에 대해서는 전혀 관심조차 없었는데, 지금 생각해 보면 조금은 섭섭함이 마음 한구석에 남아 있다. 내가 뭘 먹고 사는지, 이혼을 했는지, 마음은 어떤지 이런 건 대화의 소재가 되지도 않았다. 또 청와대에 들어가시자 그런 막역한 얘기를 할 시간조차 없이 너무 바쁘시기도 했다.

그분은 확실한 국정철학과 북한에 대한 인식, 뛰어난 외교력으로 쉬는 날도 없이 나라가 부강해지고 국민이 잘 살 수 있는 길을 고민했던 분이다. 그런데 대한민국은 박 대통령을 뇌물죄로 몰아 구속시켰다. 조선시대로 치면 역적 음모나 다름없는 일이다. 곁에서 지켜본 그분의 삶은 외모만큼이나 청아하고 단아하며 깨끗하고 순수했다. 오직 조국과 결혼한 그런 분이다. 어디서든 개인의 사심을 읽을 수 없었고 요새 흔한 명품이나 메이커 있는 옷, 가방, 시계를 가져본 적이 없는 그런 청렴한 분이었음을 확신한다. 어머니로부터 배운 근검절약이 몸에 배었고 자기 자신보다 나라만을 생각했던, 세계에서도 보기 드문 지도자의 반열에 들어갈 만한 분이다. 그런 분이 어찌 사적인 욕심을 위해 뇌물을 받았겠는가. 아마도 그분의 북한에 대한 철저한 인식이 반대파들에게는 걸림돌이 되었던 모양이다. 역사가 통탄할 일이며 미래 세대들이 언젠가는 알고 느끼게 될 것이다.

내가 박 대통령의 측근이라는 것을 부각하기 위해 고영태는 내가 드나드는 대통령 의상실을 CCTV로 촬영하여 기자에게 제공하였다. 현직 대통령의 의상실을 촬영하는 것은 대통령의 안전에 관련된 일이므로 국가원수에 대한 기밀누설죄에 준한다고 할 수 있을 것이다. 그런데 그에 대한 혐의는 간과한 채 박 대통령의 반대편에 선 이들은 나에 대한 의구심과 의혹으로만 끌고 갔다. 다른 나라 같으면 먼저 검찰과 수사기관이 나서서 촬영한 이들을 검거할 것이다. 그런데 그들은 수사를 받기는커녕 오히려 영웅이 되어 돌아다니고 있으니 기가 찰 일이다. 그걸 방관한 검찰이나 권력자는 반드시 후세에 책임을 묻게 될 것이다.

지금은 내가 최태민의 딸이라는 이유로 박 대통령과 나를 매도하는 이들도 이 장막이 걷히면 진실을 알게 될 날들이 반드시 올 것이다. 또한 곧게 뻗어 흔들리지 않는 큰 나무를 베어버린 이 시대를 언젠가는 미래 세대들이 알고 안타까워 할 것이다. 그런 분을 매도한 죄는 역사가 심판할 것이며 진실은 꼭 밝혀져야 한다.

박 대통령이 나와 공모해서 기업의 돈을 받아 재단을 차리고 여러 가지 사익을 취하려 했다는 국정농단 사건은 그 전제 자체가 잘못된 것이었다. 나는 이 사건으로 회자되는 기업의 대표나 임원 그 누구와도 알지 못한다. 기업으로부터 돈을 받아내는데 나와 박 대통령이 공모했다는 음모는 사전에 철저히 기획된 모함이었던 것이다.

JTBC에서는 태블릿PC에서 국정농단과 관련된 여러 가지 문건이 나왔다는데, 나는 발단이 된 그 태블릿PC를 사용할 줄도 모른다. 그런데 검찰에서는 태블릿PC를 보여주지도 않고 조사도 하지 않은 채 여론에 동조하여 몰고 갔다. 거기에 박 대통령에게 등을 돌린 의원들과 그것을 기획한 사람들이 초스피드로 몰아붙이는 바람에 순식간에 탄핵이 이뤄졌다. 그리고는 그것도 모자라 재판이 끝났는데도 계속해서 그 당시 녹음파일 2, 3탄을 터뜨리며 여론을 조작하고 있다. 녹음파일의 내용은 2년 전 재판에서 이미 밝혀진 것이고 기자들도 보도해 온 얘기들이다. 그들의 속셈은 정권을 지속적으로 유지하고자 하는 야욕에서 나오는 것이다.

뇌물이라곤 한푼도 받은 일이 없는 박 대통령과 나에게 쏟아진 추징금과 벌금은 내 재산을 전부 팔아도 내지 못할 금액이다. 손자와 딸은 길거리에 나앉을 형편이 된 것이다. 나 때문에 아이들 미래가

무너질까봐 매일매일 잠을 이루지 못한다. 내가 겪어온 고통의 세월
도 모자라 아이들에게 대물림되는 것 같아 마음이 찢어지는 것 같다.

박 대통령은 대통령이 되기까지 숱한 역경과 고통을 견뎌왔지만 나라를 위하는 순수한 열정만은 식은 적이 한순간도 없었던 분이다. 더구나 대한민국의 대통령이 되어서는 말할 것도 없다. 내가 가장 잊지 못하는 박 대통령의 재임시절 업적 중 하나는 지구를 반 바퀴 돌 정도의 장거리 외교활동을 펼친 것이다. 선진국으로 가기 위해서는 세계에 우리나라를 알리는 것이 최선의 방법이라고 생각하셨기 때문인 것 같다. 국가에 이익이 될 만한 나라를 골라 방문하셨으며 그 나라에 도착하자마자 시차적응도 되지 않은 상태에서 정해진 모든 일정을 소화해 내셨다. 그러다보니 밤잠도 제대로 주무시지 못한 적이 많아 그것이 제일 힘들고 버겁다고 하셨다.

해외 순방을 나가기로 결정이 되면 해당 국가의 모든 것을 알고자 떠나기 전날까지 자료를 습득하고 일일이 일정을 체크하는 치밀함을 보였다. 처음부터 끝까지 본인이 직접 모든 것을 챙기는 모습은 지도 자로서의 소임과 책임을 다하는 모습이었다. 너무 바쁘고 힘든 일정 속에서 누구도 그렇게 하기가 쉽지는 않다. 그렇게 쉬지 않고 나라를 위해 최선을 다하는 모습은 정권을 연장시키기 위함도 본인의 정치력을 높이 보이기 위함도 아니었다. 국민과 나라를 위하는 순수함과 진심어린 열정 그 자체였다고 생각한다.

박 대통령은 워낙 소식을 하시는 분이라 몸의 에너지가 그리 넘치는 분이 아니다. 그런데도 자신의 모든 것을 바쳐 나라를 위해 희생한 분을 우리나라 헌정사에 없는 국정농단으로 몰아 탄핵하고, 뇌물을 받았다며 죄를 뒤집어 씌웠다. 그리고는 그런 분을 감옥에 집어넣고 3년 넘게 재판을 하고 있다. 평소 근검절약하는 그분의 생활태도로 볼 때 뇌물 수수란 상상할 수도 없는 일이다.

"칼에 베인 듯, 불에 덴 듯 고통이 심하다."는 말은 그분이 가장 사랑했던 어머니가 돌아가셨을 때도 들어본 적이 없는 얘기다. 아무리 고통스러운 순간에도 속으로만 감내했던 분이다. 그런데 극심한 고통을 호소하는데도 불구하고 3년 넘게 감옥에 가둬놓고 병원 입원 요청도 매몰차게 거절하다 나중에서야 할 수 없이 입원을 허락했다. 스스로 감옥에서 죽기를 바라지 않는 이상 있을 수 없는 일이다.

이 정권은 나에게도 독방에 갇혀 스스로 미쳐버리든지 죽든지 하면 그것만큼 좋은 게 없으리라 생각하는 것 같다. 정말 모질고 가혹하다.

동병상련의 아픔

박 대통령과 나는 서로 불행한 가족사로 얽혀 있다. 박 대통령은 모든 면에서 철저하고 완벽주의자였지만 아버지인 박정희 대통령의 그늘에서 벗어나지 못하셨고 나 또한 돌아가신 내 아버지가 늘 수식어로 따라다녔다. 그분은 박정희 대통령의 딸이라는 후광을 입기도 하셨지만 다른 한편으로는 그 아버지를 견제하는 세력에 의해 많은 고초를 겪으셨다. 나도 아버지 최태민의 딸이 아니었다면 이렇게 국정농단의 주범으로 몰리는 일은 없었을 것이다. 외국에 수백 개의 페이퍼컴퍼니가 있느니, 몇 백조 원을 숨겨놨느니 하는 유언비어로 국민들에게 손가락질 당하는 일도 없었을 것이다.

우리나라 역사를 살펴보면 알 수 있듯이, 숙적이나 반대파를 밀어내기 위해 참혹한 당파 싸움을 벌이는 것은 예나 지금이나 마찬가지인 것 같다. 단지 지금은 반대파를 마음대로 죽일 수는 없으니 죄를 뒤집어 씌워 감옥에 처넣고 고역을 치르게 하는 것이다. 그 앞에는 늘 그걸 지휘하는 좌장이 있고 그래서 출세의 길을 걷게 된다. 하지만 영원한 것은 없다. 진실이 밝혀지고 역사가 뒤집히면 그들 역시도 다시는 일어설 수 없는 처지가 될 것임을 기억해야 할 것이다.

우리나라의 첫 여자 대통령, 그분은 단지 여성이기 때문에 표를 얻어 대통령이 되신 게 아니다. 어려서부터 청와대에 사시면서 아버지의 국정 철학을 몸에 익혔고, 또한 퍼스트레이디 역할 대행을 하면서 자신만의 국가관을 터득하신 분이다.

어느 날 갑자기 터진 국정농단 논란과 기획된 수사들, 국민들의 마음속을 정신없이 흔들고 헤어 나올 수 없게 만든 그 폭풍 같은 그 시간들은 국민들 모두에게도 고통의 시간이었다. 첫 여성 대통령이기에 성공적으로 임기를 마치시길 누구보다 바랐는데 반대파의 공격으로 결과는 정반대로 나타났다. 내가 그분 곁을 떠났다면 훌륭한 대통령으로 임기를 마칠 수 있었을까. 진작 떠나지 못한 나 자신이 후회되고 한스럽다.

나는 내 입으로 박 대통령과의 관계에 대해 얘기한 적이 없다. 그런데 세상엔 비밀이 없는지 저들이 스스로 알고 나에게 머리를 숙였다. 그리고는 그분 가족의 빈자리를 챙겨드리려 했던 나를 이용해 뒤에서는 다른 음모를 꾸미고 있었다는 사실에 통탄할 뿐이다. 사건의 발단이 된 고영태를 만난 것도 그분을 돕기 위해서였던 것이다.

이제 박 대통령이나 나나 3년이 넘도록 감옥에서 고통스러운 나날을 보내고 있다. 오랜 세월을 외롭게 지내셨던 그분과 마찬가지로 나 역시 지금 곁에는 아무도 없다. 딸과 손자 외에는 형제들도 모두 나를 배신하고 떠나갔다.

6개월 동안 일주일에 네 번씩 재판을 받았던 박 대통령의 심정은 누구도 짐작할 수 없을 것이다. 재판에 증인으로 나온 사람들은 온통 검찰의 회유에 넘어간 사람들뿐이니 그걸 지켜보는 내내 얼마나 가슴이 아팠겠는가.

그런 분을 6개월 동안 재판을 했으면 불구속 상태에서 재판을 해도 되지 않을까 생각된다. 대통령을 지내신 분이 어디로 도주를 하실 것도 아닌데 또다시 다른 사건으로 엮어 구속 기간을 연장했다. 허리가 좋지 않아 오래 앉아있는 것도 불편한 분에게 너무 지나치다는 생각이 든다. 무슨 악한 범죄를 저지른 사람보다 더 심한 대우를 하고 있는 것이다.

특검에서 매일 터뜨리는 무슨 캐비닛 문건인지 뭔지 하는 증거서류로 계속 죄를 덧씌우는 사람들, 무슨 이유인지 모르겠다. 이 나라에서 보수를 없애려는 것일까. 그래서 보수를 대표하는 박 대통령을 없애고 국민들 뇌리에서 지워버리려는 속셈이 아닌지 모르겠다.

재판 과정에서 검찰의 태도는 정말 오만하고 기본적인 예의조차 없었다. 젊은 검사들이 무슨 대단한 권세라도 얻은 양 무례한 말투로 전직 대통령을 대하는 모습은 나를 정말 안타깝게 했다. '피고인 박근혜'라고 호칭하는 젊은 검사들의 방자한 태도에 무얼 믿고 저러나 싶었다. 나는 검찰에게 박 전 대통령이라고 호칭을 해 줄 것을 부탁했다. 검사들의 인식 변화가 정말 필요하다는 생각이다. 현 정권의 입맛에 맞추어 수사하다 보니 위압적인 태도가 누구에게나 통하고 의기양양하여 눈에 뵈는 게 없는 것 같다. 박 대통령은 그래서 더 이상 재판정에 못나오셨을 것이다.

지금 우리나라에서 비정상적이고 비이성적인 일이 너무 많이 일어나고 있다. 대기업 관계자와는 일면식도 없는 사람에게 뇌물죄를 뒤집어씌우고 그것도 모자라 뭔지 모를 온갖 것들을 계속해서 뒤집어씌우고 있다.

04

악연들

순진함이 만든 패착

나는 누구든 진심을 가지고 대하면 나쁜 사람은 없다고 생각하면서 살아왔다. 그런데 이 사회는 배신과 음해가 너무 만연해 있고 자신의 이득을 위해 상대방을 이용하려는 사람들이 너무 많은 것 같다. 이러니 어떻게 사람을 믿고 어떻게 신의와 믿음을 구현해 나가야 할지 모르겠다.

박 대통령과 관련된 사건(이른바 국정농단 사건)에서 등장하는 박원오, 김종, 고영태, 차은택은 나에게 배신의 참담함을 가슴에 새겨준 사람들이다. 그동안 나의 도움을 받으며 삶의 윤택함을 경험한 그들이 나의 등에 칼을 꽂을 줄 어찌 알았겠는가. 앞에서는 간이라도 내어줄 듯 연기를 잘해서 그들의 태도가 진심이라고 믿었던 것 같다. 박 대통령 옆에서 그렇게 배신하는 사람들을 봐왔으면서도 그런 분별력을 갖지 못한 내가 무척 후회스럽다. 물론 살다보면 아무리 조심을 하고 경계를 해도 믿었던 사람에게 배신을 당하기도 하고 예기

치 못하게 사기를 당할 수도 있지만 그만큼 사람이 무섭다는 생각이 든다. 이제 와서 후회한들 아무 소용도 없지만, 나 혼자만의 억울함만이 아닌 대한민국의 역사를 뒤바꾸어 놓은 그들의 황당하고 뻔뻔한 행태에 대해 알려야 할 필요가 있다고 생각한다.

'고영태와의 만남'은 나에겐 최악의 삶이 되었고 나의 운명조차 바꿔 놓았다. 지금도 생각하면 고영태를 소개한 후배가 원망스러울 뿐이다. 지갑을 사라고 해서 나간 것이 발단이었다. 그가 어떤 사람인지 어디 출신이지 하는 것은 당시 관심 대상이 아니었다. 펜싱을 했다는 것도 나중에야 알게 되었다.

참 사람의 운명은 한 치 앞도 모른다더니 지갑 장사를 하던 사람이 갑자기 그렇게 큰일을 도모한다고 누가 생각이나 했겠는가. 고영태를 소개한 지인도 그의 머릿속에 그런 생각이 들어 있을 거라고는 생각지 않았을 것이다. 그 지인은 나에 대해서도 유치원을 운영하다 주부로 있다는 것, 박 대통령과 친분이 있다는 정도만 풍문으로 알고 있었을 뿐이다.

박 대통령은 밝은 색의 파스텔 톤을 좋아하셨다. 원래 명품은 지니질 않으셨기에 취향에 딱 맞는 것을 찾기가 어려웠다. 어느 날 의상에 맞는 가방을 원하셨는데 원하는 색깔을 좀처럼 찾기 힘들었다. 가방 공장에 알아보니 하나씩은 제작하지 않고 몇 십 개를 주문해야 만들어 줄 수 있다고 한다. 마침 고영태가 지갑을 팔던 생각이 나서 문의하니 아는 공장을 연결해 주어 가방을 맞출 수 있었다. 그것이 불행의 시작이 되고 말았다.

고영태는 백(bag)을 전문적으로 만드는 디자이너도 아니고 옷 제작도 주변 친구들이 하는 공장에서 어깨너머로 배운 정도로 알고 있었다. 나는 가방을 주문하면서 내가 쓸 것이라고 했는데, 언론을 통해 보았는지 고영태는 대통령이 드셨던 가방을 자신이 제작한 것처럼 일간신문에 보도되게 하였다. 그래서 내가 고영태에게 화를 내며 기사를 내리게 한 적이 있었다. 이미 그때부터 고영태는 그의 야망을 실현시키기 위해 본인의 이름을 알리고 과시하기 시작했던 모양이다.

서울 강남의 가로수길 쪽에 가면 좁은 공간에서 옷을 만드는 곳, 패턴만 뜨는 곳, 단추만 달아주는 곳, 박음질만 해주는 곳 등 다양한 공장들이 있었다. 그런데 나는 그 체제를 잘 몰랐기에 고영태에게 도움을 받았던 것이다. 그런데 어느 날부터 고영태가 직접 옷을 만들고 모든 과정을 본인이 다 한 것처럼 언론에 나오기 시작하였다. 그의 언변과 요령에 기가 막힐 지경이었다.

인간의 기본 근성은 어쩔 수 없다는 말을 하지 않을 수 없다. 고영태의 일이 알려지자 아는 후배가 기겁을 하며 나에게 고영태의 과거에 대해 얘기를 해주었다. 너무 놀라 말이 안 나올 정도였다. '고민우', 강남의 호스트바를 출입하는 웬만한 여자들은 그를 다 알고 있다는 것이었다. 사실이 아니라고 믿고 싶었고, 큰일 났다는 생각이 들었다. 나는 몸에 기운이 풀리면서 그 자리에 주저앉고 말았다. 그

뒤로 나는 고영태를 멀리하고 일에서도 배제시켰다. 눈치를 챘는지 차은택을 통해 몇 번의 연락이 왔지만 만나지 않았다.

그는 나에 대해 어느 정도 알게 되면서 철저히 자기 관리를 했고 모든 걸 자신을 통해 하기를 원했다. 나에게 차은택을 소개한 것도 그를 이용해서 중간 역할을 하고 싶은 것이었는데, 차은택도 그걸 껄끄럽게 생각했고 나 역시 원하지 않았다. 그러자 차은택과 사이가 멀어졌고, 고영태는 다른 쪽으로 자신의 세력을 모으기 시작했던 것 같다. 그렇게 김수현, 이현정, 류상영 등과 더불어 뒤에서 몰래 사무실을 운영하면서 기획을 했던 것이다.

국정농단 사건의 진실

어떻게 나를 국정농단자로 만들 수 있었을까? 굳이 나의 잘못을 찾는다면 고영태에게 대통령의 의상 관련 일을 맡긴 것과 사람을 제대로 알아보지 못한 안목에 있다할 것이다.

고영태, 그가 아무리 교활한 인간이라 하지만 혼자의 능력으로 나를 국정농단 주범으로 몰기 위해 JTBC를 움직인다는 것은 사실상 불가능한 일이다. 고영태의 입에서 나온 얘기들은 누군가 힘 있는 배후에 의해 기획과 각본이 짜맞춰졌을 것이다.

고영태의 세력 중 전체 리더 역할을 했던 이는 이현정이라는 사람인데, 이 사건 관련 재판 내내 잠적을 해서 증인으로 출석하지도 않았다. 이현정은 CCTV 동영상을 유포한 이진동 기자가 국회의원 선거에 출마했을 당시 그의 선거캠프에서 활동했다고 한다. 고영태는 이현정을 통해 문체부장관 비서로 최철 보좌관을 앉히고 모든 정보를 입수하고 있었다. 그리고 내가 세상에 알려지는 것을 원하지 않는다는 점을 이용해 뒤에서 회사를 차려 그들의 계획을 추진해 가고 있었음을 그 당시 나는 전혀 알지 못했다. 그들은 미르재단과 더블루K, 그 외의 곳곳에 자기 사람들을 심어 운영하려고 했었던 것 같다. 그런데 그걸 마치 내가 한 일인 양, 나의 사욕 때문인 양 바꿔서 언론에 퍼뜨리는 치밀함을 보인 것이다.

그 당시 차은택은 정부의 문화 분야 일을 맡아 창조경제추진단장 직을 수행하고 있었다. 고영태가 보기에 차은택만 잘 나가자 차은택을 밀어내야겠다는 생각을 하고 이성한 미르재단 사무총장과 힘을 합쳐 일을 도모했던 것 같다. 대통령 의상을 제작하는 곳에 CCTV를 설치하여 영상을 녹화하고 그 외에 모든 상황을 녹음한 이성한은 그 녹음 파일들을 언론에 흘리기 시작했다. 기가 막힌 일이다. 어떻게 그런 대담한 행동을 저지를 수 있을까. 대통령의 안전과도 관련된 곳을 촬영하고 일정까지 유출한 행위는 대통령 암살을 모의한 죄와도 같다.

현직 대통령과 관련된 불법 촬영물은 당연히 경호법에도 위배되는 사항일 텐데 그것에 대해서는 어느 누구 하나 반론을 제기하지 않았다. 그들 세력들이 기획한 음모는 이미 대통령을 지키는 것보다 '대통령을 죽이는 것'으로 기울어져 있었기에 그런 걸 신경 쓸 겨를이 없었을 것이다. 지금 대통령 감기몸살을 알리는 것도 일급비밀이라고 하는 것과는 매우 상반되는 행태이다.

고영태 일당은 마치 영웅이라도 된 것처럼 의기양양하였고 나를 역적으로 몰아갔다. 그러나 그의 추악한 과거만큼 그의 추락도 이제 얼마 남지 않았으리라. 고영태를 비롯한 일당들은 세월이 변해 역사가 단죄할 시간이 와야 한다. 불법을 저지른 그들이 세상을 활보하며 판을 치고 다니는 것 자체가 이 나라를 불의로 더럽히는 일이 될 것이기 때문이다.

차은택도 창조경제추진단 등에 자신의 사람들을 채워가면서 그들만의 미래를 열어놓고 때를 기다리고 있었다. 그 열어놓은 함정에 나를 끌어들이고 있었는데 나는 그것도 눈치 채지 못했다. 내가 정말 그들이 말하는 것처럼 박 대통령의 권한을 이용해 자금을 빼돌릴 목적이었다면 내가 직접 뽑은 사람을 넣지 왜 그들을 추천했겠는가.

지금의 정부가 적폐 청산을 앞세워 하는 일들과 각 기관장 임명, 정책 등을 보면 그들이야말로 국정농단과 다름없는 일들을 벌이고 있다. 그들이 얼마나 많은 직권남용과 낙하산 인사, 자기 사람 심기 등을 하고 있는지 누구나 알 수 있는 일이다. 또한 그들이 하는 정책은 자기들 편에 유리한 정책만을 벌이고 있지 않은가. 그런 그들이 박 대통령과 나를 직권남용과 국정농단으로 몰아붙이는 건 가당치 않은 일이다. 오히려 지금 자신들이 하는 일이 더욱 심각하고 위험한 직권남용이고 불법이 아닌지 돌아봤으면 싶다.

정권에 반한다고, 생각이 다르다고 모두 적폐로 몰아 포토라인에 세우고 구속하는 일들을 보는 것도 이젠 지겹다. 정권을 잡았다고 모두 자기 코드의 사람들을 집어넣는다면 자유민주주의는 실종되는 것이다. 여긴 민주주의 국가 자유 대한민국이다.

박원오의 배신

박원오는 우리 부부와 딸이 뚝섬승마연습장에 다닐 때 처음 스치 듯 만난 사이다. 그가 승마장 설립 과정에서 돈을 횡령하여 징역을 살게 된 후론 본 적이 없었는데, 출소 후 뚝섬 승마장에 다시 나타난 그를 우연히 보게 되어 눈인사를 하는 정도로 알고 지냈다. 그런 그 가 유라를 도와준다는 빌미로 뒤에서 잇속을 다 챙기고 자기 회사를 설립하여 삼성과 컨설팅 계약을 하고 독일에 올 줄은 상상하지도 못 했다.

어느 날 박원오는 한화에서 쫓겨나 살던 집에서도 나와야 했고 받 던 월급도 끊겨 생활고가 심하다고 어려움을 호소했다. 나는 안쓰러 운 마음에 전세금을 빌려주고 매월 생활비도 보태줬다. 그런데 나중 에 알고 보니 그것이 진실이 아니었던 것 같았다. 딸에게 잘해주고 관심을 가져주는 것이 그저 고마워서 바보같이 나를 이용하고 속이

102

는 걸 눈치 채지 못했던 것이다. 그런데 내게 도움을 받고도 그들은 자기 이익에 반하면 바로 돌아서 신의를 배신으로 짓밟았다.

그는 대한승마협회 김 전무와 더불어 삼성전자의 승마 종목 지원 올림픽 로드맵을 기획하면서 유라가 대표선수단에 포함될 거라고 하였다. 나는 김 전무와는 인사만 하는 사이지 별로 잘 알지 못했다. 그런데 박원오와 김 전무가 매우 친한 사이여서 모든 것을 상의하고 일을 진행해 나간다고 하였다. 그때까지만 해도 나는 한 치의 의심도 없었다. 딸에게 잘 대해주니 그저 감사한 마음뿐이었다.

사실 나는 2015년부터 독일로 이주를 하기 위해 준비를 하고 있었다. 이주 관련 준비 차 독일에 있을 때 박원오로부터 연락이 왔다. 올림픽 출전 로드맵 명단에 유라가 들어가 있으며 삼성과 연결된 후원도 받기로 확정되었다는 것이다. 유라가 국가대표 선수로 출전할 수 있다는 말에 그의 제의를 받아들인 것이 나의 큰 실수였던 것 같다.

박원오는 이미 유라를 매개로 삼성을 이용하고 있었다. 삼성으로부터 부인 명의로 된 회사와 계약을 하고 월급을 받고 있었는데 나는 전혀 그런 사실을 감지하지 못했다. 그는 독일에서 승마사업을, 마사회 감독이자 선수인 박 감독을 내세워 하려고 했던 것 같다. 나는 유라가 마장마술 쪽이라 박 감독을 잘 알지는 못했다. 그런데 그는 이미 우리가 있는 프랑크푸르트 마장 쪽으로 올림픽 티켓을 따기 위해 부인과 함께 와 있었다. 박원오는 장애물 선수였던 박 감독을 앞세워 한국에서 이루지 못했던 자기의 꿈과 노후를 준비하고 있었던 것인데, 그 속셈을 내가 알 리가 없었다.

그런데 갑자기 한국마사회에서 감독이 무단으로 독일로 나갔다며 들어오라고 명령이 떨어진 것이다. 마사회 감독직에 있던 박 감독이 휴가를 내고 올림픽 티켓을 따기 위해 독일에 온 것이 선수들과 마사회에 문제가 된 것이었다. 박원오는 박 감독이 마사회를 그만두고 독일에 오도록 하고 싶었으나 박 감독은 마사회 감독직을 유지한 채 독일에 오고 싶어 했다. 서로 밥줄이 달린 문제였기 때문이다.

그가 돌아가자 내세울 사람이 없게 된 박원오는 마음이 급해져 박 감독을 다시 데려오려고 온갖 힘을 다 쓴 것 같았다. 결국 박 감독이 오지 못하게 되자 박원오는 나에게 그 책임과 원망을 돌렸다. 내가 박 감독을 한국으로 들어가게 했다는 것이다. 나는 박 감독이 어떤 직책으로 독일에 왔는지 그것이 왜 문제가 됐는지도 잘 모르는데 말이다.

박원오는 그때부터 그의 본성을 드러내기 시작했다. 나에게 무조건 박 감독을 마사회 감독으로 복직시켜 독일로 파견시키라는 것이었다. 나는 하도 기가 막혀 "있을 수 없는 일이고 내가 할 수도 없는 일이다."라고 말해도 막무가내였다. 그에게는 박 감독이 있어야 마필도 살 수 있고 그 이득금도 챙길 수 있었기 때문에 박 감독의 존재가 꼭 필요했던 것이다. 그에게 나는 만만치 않았기에 더더욱 그는 박 감독과 승마협회 김 전무가 필요했을 것이다.

박 감독은 결국 마사회의 감독으로 재취임을 하지 못했고 독일로

도 오지 않았다. 승마협회 감독직을 맡아 본인 스스로 안전한 길을 택했다. 그것을 내 탓으로 돌리던 박원오가 그때부터 승마 로드맵에 따라 체결된 모든 계약 자체를 흔들어대기 시작했다. 그래서 그제서야 삼성전자 박상진 사장을 만나야 했고 그 이유에 대해 직접 들어야 했다. 그것이 삼성전자 박 사장과의 처음 만남이었고 그 만남이 결국 모든 걸 끝내는 결과가 되었다.

유라는 박원오의 농간으로 인해 결국 또 희생양이 되어 전국을 뒤흔든 바람 속에 들어가 괴로움을 당했다.

박원오는 그때 엘루이호텔에서 나를 만나 협박조로 제안을 했다. 박 감독을 복직시키지 않는 게 내가 시킨 일이라는 것이다. 그러면서 내가 나서서 그 문제를 해결하지 않으면 자기랑 끝장이라는 말을 남기고 각오하라면서 자리를 박차고 나갔다. 나는 이제껏 살아오면서 늘 공갈과 협박만 받는 것 같다.

나는 박원오가 독일에서 생활하는 동안 내 카드를 쓰게 하며 그의 생활에 도움을 줬다. 유라에게 관심을 가져주니 고마운 마음에 그렇게 한 것인데, 그는 본인이 살기 위해 유라를 도와주는 척 했던 것이다. 박원오는 안민석 의원과도 친하고, 안민석 후원회장과도 친분이 있었다. 아마도 그때부터 그들에게 유라의 독일 생활이 노출되었을지 모른다. 어미가 생각 없이 호의인 줄 알고 받아들인 것이 아이를 완전히 망치게 할 줄을 몰랐다. 삼성에서 승마협회를 맡고 삼성전자가 로드맵에 의해 선수를 지원한다는 말에 유라를 집어넣은 것이 나의 큰 실수였다. 박원오가 국가대표 선수 로드맵에 유라 이름이 있는 걸 보여주었기 때문에 사실이라고 믿었던 것이다.

삼성에서 산 말 비타나(Vitana)를 유라가 유럽 승마대회에 타고 나가자 순식간에 SNS와 한국에서 난리가 났다. 갖가지 추측성 기사가 나왔고 급기야는 한국 언론이 대대적으로 그 문제를 다뤘다. 유라가 어딜 가든 잊지 않고 박 대통령과 연관시키는 이들의 의혹 제기가 또 시작되었다.

나는 유라를 여기서 물러서게 하고 싶었다. 승마협회, 참 말도 많고 탈도 많은 곳이다. 유독 유라에겐 더욱 그러하다. 협회 등록 선수 중에는 미성년자와 혼전동거를 하는 이도 있었고, 훈련 때 아이들을 불러 마사지를 받는 일도 있었다. 그런데도 그들은 그 아버지의 힘으로 한 줄 기사도 나지 않았고 없었던 일로 눌러버렸다. 만약 유라가 그랬다면 대한민국이 경천동지할 일이었을 것이다.

어떤 협회장은 20년간이나 승마협회 이사진에 자기 식구들을 등재해 놓고 계속적으로 지역 협회장을 지내면서 아들에게 협회에서 나온 말을 타게 하고 연습시켜도 별 말이 없었다. 그런데 국회 교육문광위 소속 안민석 의원의 귀엔 그런 건 들리지 않았나 보다. 오로지 자기의 현실정치와 인지도를 높이기 위해 유라가 필요했을 뿐이었나 보다.

김수현 녹음 파일

미르재단과 더블루K가 언론에 알려지면서 검찰에서는 나를 비롯해 박 대통령 주변 사람들을 조사하기 시작하였다. 그러던 중 김수현을 심문하던 검찰은 고영태와 김수현 등이 나눈 음성 녹음 파일의 존재를 알게 되었다. 녹음파일에서는 이른바 '최순실 게이트'는 고영태와 일부 언론인, 현직 검사, 정치인들이 연계되어 기획하고 추진하였다고 의심할 만한 자료들이 나왔다고 한다.

현직 검사까지 관여한 정황이 뚜렷한 만큼 검찰은 이 부분만이라도 긴급히 조사하여 더 이상 그 검사가 수사나 공소에 개입하지 못하도록 차단해야 했다. 만약 검찰이 이를 알고도 은폐했다면 이는 형사사법 절차 전체를 흔드는 중대한 문제라고 밖에 할 수 없다.

그런데도 검찰은 고영태 일당들에 의해 사건이 왜곡·과장되거나 다른 불순 목적에 사용되지 않도록 엄밀히 조사하지 않았다. 그리고는 기소 후인 2016년 12월 1일 이후에야 고영태를 불러 2번 조사하면서, 녹음파일에 나오는 문제의 대화내용을 "장난삼아 의미 없이 한 말이다."라는 등으로 내용을 변색케 하는 조서를 작성하였던 것이다. 이러한 사실은 2017년 2월 6일, 우리 변호인이 고영태를 심문하면서 밝혀진 내용이다. 그때까지 검찰은 나를 감쪽같이 속이고 있었던 것이다.

고영태는 더블루케이의 대표로 조성민을 앞혀놓고 실질적으로는 자기 마음대로 운영했다. 이것은 김수현의 녹음파일에서도 확인할 수 있는 사실이다. 그리고는 나 몰래 자신의 심복들인 노승일, 박헌영 등을 K스포츠재단 핵심 자리에 앉히고 이현정을 통해 문체부에서 체육 관련 사업정보나 추진안 등을 입수하였다. 입수한 정보는 김수현, 류상영의 외곽조직에서 사업안으로 가공한 다음, 마치 내가 지시한 계획인 양 어떤 사업은 K스포츠재단 사업으로, 어떤 사업은 더블루K 사업으로 추진하려 했다는 것이다.

이 과정에서 고영태는 K스포츠재단의 정현식 사무총장과 이사장, 더블루K 조성민 대표 등이 자신의 계략대로 움직여 주지 않자 직접 재단에 부사무총장으로 들어가 재단을 장악하려는 야심을 드러내 보였다. 사실 K스포츠재단 설립 초기부터 고영태가 이사로 들어가길 원했으나 내가 거부한 적이 있었다.

그 후 고영태가 대통령의 가방을 만들고 있다고 떠벌리고 다닌 사실을 알게 되었다. 내가 크게 질책하고 일에서도 배제하려고 하자 자신의 앞날이 걱정되었던 모양이다. 그래서 나를 겁박하여 큰 이득을 취하려고 김수현과 짜고 의상실에 CCTV를 설치하여 내부 상황을 촬영한 후 TV조선 기자 이진동에게 파일을 제공했던 것이다. 그는 내 모습을 촬영한 것뿐 아니라 노트북컴퓨터까지 훔쳐보고는 내가 대통령 연설문을 고쳤다느니 비선실세니 하는 말까지 퍼뜨리기에 이르렀다.

그는 나를 협박했던 사실이 드러나면 죄를 벗어날 방법까지 강구하였다. 내가 청와대와 박 대통령을 접촉한 사실을 언론에 터뜨려 자기는 '현 정부의 비리를 폭로한 용감한 의인'으로 가장하기로 모의한 것이다. 그리고 이러한 자신들의 흉계를 수사로써 처리해 줄 검사와 사전 접촉을 시도했던 것도 녹음파일에서 드러났다.

그런데도 검찰은 JTBC 보도와 청문회에서의 고영태, 노승일 등 증언, 검찰의 대통령 공범기소 등이 현직 검사까지 가담해 사전 모의한 정황이 있음에도 불구하고 이에 대해 아무런 조사도 하지 않았다.

한편 고영태는 이진동과 이현정이 자신의 뜻대로 움직이지 않는다고 생각하자 김수현과 의논을 한다. 그때 김수현이 고영태에게 "소장(최서원을 지칭)을 가지고 먹고 사는 문제를 해결하려 한다. 이것만은 지켜 달라."고 이진동에게 말하라고 권유하기도 한다. 여기에서 무엇을 지키고 무엇은 하지 말라는 것인지는 충분히 추측할 수 있다.

고영태는 미르재단의 이성한 사무총장을 재기용하여 빠져나갈 방법을 강구하기도 하였다. 이성한 미르재단 사무총장이 재단을 잡고 있으면, 나와 관계가 끝나더라도 문제없이 재단을 운영할 수 있다고 생각한 것이다.

김수현 녹음 파일의 등장으로 고영태, 이진동, 김수현 등은 2014년부터 2016년 7월경까지 약 2년간에 걸쳐 긴밀하게 기획폭로를 구상하고 추진해 왔음이 밝혀졌다. 뒤에서 누군가의 조력이 있었음을 강력하게 암시하는 대목인 것이다.

독일 코어스포츠 운영에 대하여

나는 누구인가

　세간에서는 코어스포츠가 나 최서원이 실소유주니 아니니 하는 것에 관심이 많은 것 같다. 코어스포츠는 삼성과 용역 계약을 수행하기 위하여 독일에서 독일법에 따라 적법하게 설립된 법인이며 권한을 가진 대표가 실질적인 역할을 수행해 왔다. 결코 유라나 나의 사적 목적을 위하여 설립된 것이 아니다. 마필의 실제 매수인은 삼성전자였으나 삼성전자는 마필에 대하여 전문 지식이 없기 때문에 삼성과의 용역 계약에 따라 코어스포츠가 그 역할을 대행한 것이다. 코어스포츠는 구입할 마필에 관한 정보를 수집하고, 현지 마장을 방문하여 마필을 시승하거나, 구매조건을 협의하는 등의 업무를 수행하여야 했다. 실제로 코어스포츠는 승마단 지원을 위한 마필 운송용 차량의 구입을 대행하였고, 2015년 10월경부터 2016년 2월경에 걸쳐 살시도, 비타나, 라우싱 등 마필 구매 업무도 대행하였다.

　그로 인해 마사회 소속 박재홍 감독도 독일로 왔고 다른 선수들도

111

추가 선발 절차를 진행하는 등 삼성 용역계약은 유라만이 아닌 6명의 선수들을 지원하기 위한 계약이었던 것이다. 따라서 코어스포츠에 지급된 용역대금을 뇌물이라고 하는 것은 어불성설이다. 다만 코어스포츠를 설립할 당시 설립 절차를 간소화하기 위해 독일 변호사인 박승관(독일 국적)을 통하여 독일의 셀프 컴퍼니(Shelf company)를 인수한 후 법인명을 코어스포츠로 변경하였을 뿐이다. 독일에서 이런 방식으로 회사를 설립하는 것은 지극히 적법하고 통상적인 방법이다. 따라서 코어스포츠 설립 과정에는 아무런 문제가 없다.

코어스포츠는 삼성과의 용역 계약 체결 직전 박승관 변호사와 독일 헤센주 승마협회 협회장인 로버트 퀴퍼스(Robert Kuypers)를 코어스포츠의 공동대표로 선임하였다. 내가 코어스포츠를 지배할 예정이었다면 굳이 다른 사람을 대표로 선임할 이유가 없다. 이후 퀴퍼스는 헤센주 승마협회의 이사회에서 겸직 금지 관련 규정을 문제 삼자 부득이 코어스포츠의 대표직을 사임하였다. 그렇지만 이후에도 계속하여 코어스포츠에 자문을 해 주었고 코어스포츠는 퀴퍼스에게 자문료를 지급하였다.

이후 코어스포츠는 유라의 승마 훈련 코치이기도 하였던 캄플라데(Christian Kamplade)를 대표이사로 선임하였다. 그는 오랜 경력의 승마 전문가로서 삼성 용역계약을 이행하는데 있어 적격자였기에 대표를 맡기로 한 것이었다. 캄플라데는 나와 협의하여 코어스포츠의 자금을 집행하기도 했지만 코메르츠 뱅크에 개설된 코어스포츠 계좌에 대해서는 나의 동의 없이도 자금을 집행하는 등 대표이사로서 실질적인 역할을 수행하였다.

한편 코어스포츠는 11명의 직원들을 두어 업무를 수행할 수 있도록 업무분장 및 주의사항을 만들어 직원들에게 고지하기도 하였다. 이에 대하여는 당시 승마협회 고문이었던 박원도도 법정에서 동일하게 증언하였다. 직원들의 월급은 세무서에서 비용으로 인정을 받기 위하여 코어스포츠 계좌에서 지급되었으며, 세금 및 보험료 등도 정확하게 계산하여 납부하였다. 회계 처리 과정에서 독일 소재 세법 자문회사(Rydzewski)로부터 수시로 조언을 받아 처리하였다. 이에 대하여는 여러 증인들이 법정에서 증언하였다. 이는 세금 납부와 보험 가입이 직원들의 체류비자 문제와도 관련이 있기 때문이었다. 독일은 체류비자를 받기가 무척 힘든 곳인데, 코어스포츠가 독일 당국으로부터 컨설팅 회사로 인정을 받았기 때문에 직원들에게 체류비자가 나올 수 있었던 것이다. 그렇게 코어스포츠는 유라뿐만 아니라 여러 선수들에 대한 승마 훈련을 지원할 준비가 충분히 되어 있었다. 다만 추가 선수 선발이 지연되면서 인력 충원도 함께 지연되었던 것일 뿐이다.

코어스포츠는 마필과 운송 차량 구입에 관한 업무뿐 아니라 마필 관리사인 랄프(독일인) 등을 고용하여 승마장 및 마필 관리도 하였다. 헬그스트란트 드레사지와 계약을 체결함으로써 체계적이고 전문적인 마필 훈련을 지원하였던 것이다. 그리고 크리스티안 캄플라데,

안드레아스 헬그스트란트 등을 코치로 선임하여 선수들의 훈련을 지원하였다. 뿐만 아니라 장애물 종목 선수들을 위한 외국인 코치 선임도 준비하였다.

또한 코어스포츠는 국제대회 참가를 위한 선수 등록을 진행하고 경기일정을 관리하였으며, 대회 참가 신청 등을 대행하였다. 대회 참가 시 대회 장소까지 이동, 참가 관련 행정업무, 숙소 예약 등 선수 훈련 지원 등을 수행하였다. 승마대회에 출전하기 위해서는 대회 장소까지 말을 수송해야 하고, 이를 위해서는 말 수송차량 및 차량 운전기사를 배치하여 10시간 이상을 이동해야 하는 것이다.

이상과 같은 업무 자체가 용역회사가 제공하는 용역 업무이다. 용역대금은 모두 마필 관리비, 마장 임대료, 대회 출전 비용 등 용역계약에서 예정한 비용으로 사용하였다. 실제로 그와 같은 용역을 제공하였음에도 코어스포츠가 용역 업무를 수행할 능력이나 의사가 없었다는 특검의 주장이나 사법부의 판결은 사실을 객관적으로 이해하지도 못한 것이다.

용역계약에는 삼성전자가 요구하는 경우 업무수행 내역을 보고하고, 주기적으로 진행상황 및 운영 및 구매 비용에 관한 상세한 회계보고서를 제공하도록 되어 있다. 그에 따라 삼성전자는 코어스포츠에 용역대금을 지급한 이후 그 사용 내용에 관한 회계보고서를 요구하였고, 코어스포츠는 2016년 1분기 및 2분기 결산보고서를 제공하였다.

한편 독일 세무당국은 법인이 설립 목적에 부합하도록 운영이 되는지에 대하여 상당히 까다롭게 심사를 한다. 세무와 관련된 제반 법률도 몹시 엄격하기 때문에, 용역대금으로 들어온 돈을 회사 관계자가 개인적으로 유용하는 일은 있을 수가 없다. 나나 유라나 회사에 등록된 직원이라 일정 월급을 받았을 뿐이다. 코어스포츠는 독일 세무당국에 정상적으로 회계보고를 하였고 세무 심사도 받았기 때문에, 독일 세무당국으로부터 신고 자료를 받아 보면 코어스포츠의 지출 내역이 완전히 증명될 수 있다.

독일의 비덱타우누스 호텔에 대해서도 코어스포츠의 용역대금을 유용하여 내가 개인적으로 구입해 운영하는 호텔인양 언론에서 보도하고 있다. 사실 비덱타우누스 호텔은 코어스포츠의 직원 및 선수들의 숙소로 이용할 계획으로 구입한 것이다. 방이 10여 개 있고 가격은 원화로 약 7억 원 정도인 작은 모텔 수준이다.

무엇보다도 비덱타우누스 호텔은 코어스포츠 명의의 자산이었기 때문에 내가 용역대금을 개인적으로 유용한 것이 될 수가 없다. 또 코어스포츠의 직원 및 선수들의 숙박에 이용할 계획으로 구입하였으며 실제로 코어스포츠의 직원들이 이 호텔에서 생활하면서 사무 공간으로도 이용하였다.

코어스포츠는 정당한 절차에 의해 삼성과 용역계약을 체결했으며 법적 절차를 준수하여 운영하였다. 이는 코어스포츠가 독일 세무당국에 세무신고를 하고 주기적으로 실사를 받아온 사정만 보더라도 충분히 인정할 수 있는 사실이다. 그런데 특검은 코어스포츠가 용역 계약에 따른 업무를 수행할 의지나 능력이 없었고, 내가 코어스포츠의 자금을 유용했다는 의심만 할 뿐 애초부터 공정하고 객관적인 관점에서 수사하려고 하지 않았다.

05

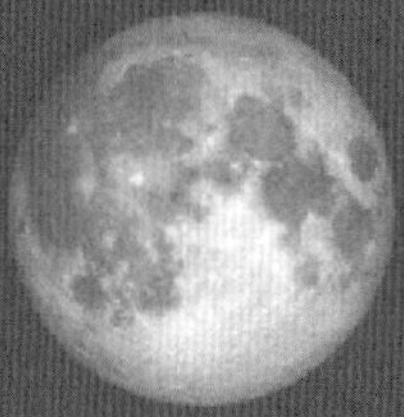

독일에서 새 출발을 꿈꾸다

독일 정착을 위한 준비

독일은 내가 대학생 시절부터 개인적으로나 단체 활동으로 여러 번 다녀왔던 곳이다. 유럽 중에서도 독일은 당시 젊은 감성의 내게 마음의 본향처럼 다가왔었다. 그곳은 한결같고 변하지 않는 아름다움이 있었다. 언제 가도 늘 그 자리에 머물러 있는 듯한 모습이 좋았다. 하이델베르크의 작은 커피집이 백 년이 넘는 가게라는데, 내가 갔을 때도 변함없이 자리를 지키고 있었다. 그곳에 가면 마음의 고향에 온 듯 어서 오라고 날 안아주는 것 같이 정겨웠다.

독일의 거리를 걷다 보면 우리나라처럼 명품 옷을 걸친 사람도 없고, 명품 백을 들고 다니는 사람도 눈에 띄지 않는다. 사람들의 차림새나 생활 속에 검소함이 배어 있었다. 외부로 드러내 보이는 것을 좋아하지 않는 내 성격에도 맞았다. 다행히 유라도 말의 종주국이나 다름없는 독일을 좋아했다.

나는 유라가 공주승마 의혹으로 삶이 엉망이 되는 것을 더 이상 두고 볼 수 없어 독일로 이주하기로 결심을 하게 되었다. 이제는 박 대통령 곁에 더 이상 머물지 않는 게 좋겠다는 판단도 한몫을 했다. 독일은 내가 좋아했고 살고 싶었던 곳이기도 했지만 딸아이에게 새로운 정착지를 찾아주기 위한 부모로서 마지막 선택이었다.

독일은 승마장이 대부분 한적한 시골에 있기 때문에 그리 비싸지도 않았다. 나는 말을 좋아하는 딸이 마음 놓고 말을 탈 수 있게 하기 위해 말 사업을 해보려 이리저리 알아보고 다녔다. 서울에 있는 재산도 다 정리해서 가져가려고 생각했다.

그러나 독일에서의 생활은 순탄치가 않았고 말 사업도 생각했던 대로 잘 진행되질 않았다. 일단 언어가 통하지 않았으며 동양인에 대한 적대감 내지 경계심이 깔려 있었다. 의식주 해결도 큰 문제였다. 집을 얻으려면 보증인에게 석 달 치 임대료를 미리 내야 했고 동양인에겐 잘 빌려주지도 않았다. 먹는 것은 한식을 선호하는데 식료품 값이 생각보다 돈이 많이 들어갔다. 독일의 한국 식품점은 물건이 다양하지 않았으며 값도 비싸고 질도 떨어졌다. 아프면 병원을 찾기도 어렵거니와 진료실이나 응급실은 하염없이 기다려야 했다. 의사를 만나더라도 일단 말이 통하지 않으니 모든 것이 다 힘들었다.

독일 사람들은 동물에 대한 관심도 커서 동물을 집에 홀로 두고 나가면 바로 신고를 해 개 담당 경찰관이 와서 보호소로 데려가곤 했다. 우리에겐 그것도 곤혹스런 일이었다. 개 짖는다고 신고하고, 처리를 잘못한다고 신고하고, 어찌 보면 사람보다 개를 더 중시하는 것 같았다. 한번은 유라가 기르던 고양이가 아파서 병원을 찾아갔는데 상담 시간만 1시간이 걸렸다. 얼마나 지루하고 힘들던지…. 한편으로는 동물을 그만큼 소중한 생명으로 다루는 것이 인상 깊었다. 유라는 동물병원까지 먼 길을 매일 고양이를 데리고 다녀 결국 고양이의 병을 고칠 수 있었다. 자기가 아끼는 것에 대한 사랑이었다.

그런데 나중에 고양이 치료비나 애기 기저귀 영수증이 쓰레기통에서 나왔다며 회사 돈으로 지불한 것이 아니냐는 논란도 있었다. 그러나 그것은 세무사한테 올라가기도 전에 우리가 직접 돈을 지불했던 것이다.

그런 독일에서의 생활이 불편한 점도 많지만 유라도 이미 마음의 결정을 하였으니 본격적으로 이주를 준비하고 있었다. 그러던 차에 2016년 10월 24일 JTBC 보도가 터진 것이다. JTBC는 태블릿PC 연설문과 삼성 승마 지원 등의 문제를 특종인 양 대대적으로 보도했다. 그 일로 우리의 독일 정착 꿈은 물거품이 되어 허공으로 날아가 버리게 된 것이다.

그들은 내가 독일로 도피를 했다고 크게 보도하였다. 내가 범죄가 있어 도피를 한 것이라면 그리 쉽게 떠날 수도 없었을 것이다. 경찰이나 검찰이 조사를 하든가 출석요구를 하든가 어떤 기미라도 있었을 것이다. 내가 출국한 때를 기다려 엄청난 작전을 꾸미고 모함을 준비하고 있으리라곤 상상도 하지 못했다.

악몽이 된 독일 생활

 2016년 9월 3일, 독일로 출국한 나에게 언론을 비롯한 대한민국 전체가 마치 마녀사냥 하듯이 나를 향해 화살을 퍼부어 대고 있었다. 내 이름 최순실을 모르는 사람이 없을 만큼 독일로 도피한 나를 찾고 있다는 것이었다. 갑자기 당한 일이고 이번엔 또 무슨 일로 내가 지목됐는지 알 수도 없었다. 독일에 있으니 사건의 내막을 알아보기도 어려웠다. 박정희 대통령 때 중앙정보부의 계략이 떠오른 건 우연이 아닐 것이다.

 그러던 중 JTBC에서 태블릿PC 자료 문건에 대통령 연설문을 내가 쓴 흔적이 있다면서 국정농단의 단초를 만들어 가기 시작했다. 나에게 한마디 확인 같은 것도 없었다. 갑자기 날벼락을 맞은 것 같았다. 사방에서 전화가 오고 난리가 났다. 정신을 차릴 수가 없어 멍해 있었다. 얼마 안 있어 한국 기자들이 독일로 들이닥쳐 나와 딸을 찾으려고 숙소 주변을 뒤지고 다녔다. 독일에서 별안간 범죄자가 된 순간이었다. 직원들은 놀라서 다른 장소로 옮겼고 유라와 아이도 당황하여 어쩔 줄을 몰라 했다.

짐을 옮기는 것도 기자들이 깔려 있어 쉽지 않았다. 그들은 무턱대고 쓰레기통까지 뒤집으며 작은 꼬투리까지 찾아내 기사화하고 있었다. 한국의 모든 언론이 벌집 쑤셔놓은 듯 나를 공격하고 있었고, 그에 연계하여 박 대통령을 추락시키기 시작했다. 도대체 한국에서 어떤 일들이 벌어지고 있는지 왜 갑자기 나에게 이런 일들이 생기는지, 무기력해지며 상상이 가질 않았다.

내가 독일에 온 것은 앞서도 얘기했지만 독일 이주를 위한 준비 때문이었다. 오랜 기간 옆에서 모셨던 분이 대통령이 되셨으니 언젠가는 그분을 떠나야 한다는 생각을 실행에 옮기려는 목적도 있었다. 이미 2015년에 체류비자를 받았고 딸이 그곳에서 승마를 하면서 나는 승마 관련 사업을 하려는 생각이었다. 그런데 그들은 그것을 도피라고 생각했고 박 대통령과의 인연을 뇌물 커넥션으로 엮고 있었던 것이다.

내가 한국을 떠나려 한다는 것을 안 고영태와 그 일당들, 그리고 그 뒤에 숨은 배후 세력들이 선수를 친 것이었다. 내가 완전히 독일로 가기 위해 준비하는 걸 알고는 나를 이용해서 박 대통령을 죽이기 위한 음모를 꾸미고 있었던 것이다. 박 대통령께 지울 수 없는 고통을 주려고 작정하고 있었는데 나의 무지함으로 그것도 모른 채 무방비 상태로 노출되어 있었다. 사람이 무서웠다.

전혀 상상하지도 못했던 일이 터지다 보니 딸과 직원들이 걱정이 되었다. 그래서 진실을 밝히고자 독일에 유럽본부를 가지고 있는 세계일보와 연락하여 2016년 10월 26일 독일의 한 조용한 곳에서 인터뷰를 했다. 사진을 찍자고 했지만 한사코 거절하고 내가 얘기한 대로 실어준다는 전제 하에 인터뷰를 해나갔다. 그러나 당시 모두가 나를 비난하는 상황이었기에 나에 대한 긍정적인 기사는 쓸 분위기가 아니었는지 그냥 그렇게 묻혀버렸다.

세계일보와의 인터뷰도 묻히고 의혹은 점점 더 확산되어 가고 있었다. 독일에 수백 개의 페이퍼컴퍼니와 여러 채의 집을 소유하고 있고, 수조 원의 은닉 자금이 있다는 등의 허위 보도와 안민석 의원의 말이 진실인 양 사람들에게 먹혀들고 있었던 것이다. 나는 누가 이런 어마어마한 일을 꾸몄는지, 그리고 진실이 무엇인지 밝히려면 한국으로 들어가는 수밖에 없다고 생각했다.

그러나 그동안 벌여놓은 Core스포츠주식회사와 독일코어 직원들이 걱정되었다. 그들은 많지 않은 월급에도 불구하고 정말 열심히 일해 왔다. 특히 크리스티안 캄플라데 독일 코치는 대표이사로, 코치로 2~3시간 걸리는 거리를 차로 오가면서 성실히 일을 해 온 사람이었다. 그리고 상처투성이의 딸과 기저귀도 떼지 않은 손주를 생각하니 눈물이 쏟아지고 가슴이 메어지는 것 같아 견딜 수가 없었다. 나는 딸에게 한국에 돌아가서 나의 결백을 밝히고 오겠노라고 달래면서 둘이 붙잡고 울었다. 유라는 엄마뿐이 없는데 이제 자길 두고 가면 어떻게 사느냐고 울부짖었다. 혼자 남아있을 딸아이의 고통을 생각하니 더욱 마음이 찢어지는 것 같았다.

　나는 그때만 해도 내가 독일로 오게 된 경위와 태블릿PC의 진실을 밝히기만 하면 모든 의혹은 불식되리라 생각했다. 그러나 그 기대는 완전히 허공에 흩어지고 말았고 언론의 무차별 보도와 안민석 의원 등의 거짓 진술은 도를 넘어 진실이 되어 가고 있었다. 누구도 막을 수 없었고, 내가 아무리 진실을 말해도 나는 이미 세상의 역적이 되어 있었다. 최태민의 딸로 족쇄에 묶여 살았던 나의 인생은 그때 마지막 사형장을 향해가고 있었다.

괴물 같은 존재가 되어 돌아오다

독일 프랑크푸르트 공항에서 한국으로 들어가는 게이트에는 너무나 많은 기자들이 깔려 있어서 수속을 할 수 있는 분위기가 아니었다. 할 수 없이 영국을 경유하여 2016년 10월 30일 오후 1시 30분경에 인천공항에 도착했다. 그때까지 법무부에서 조치를 취하지 않았는지 검색대에서 걸리지 않고 자동 출입국 서비스를 통해 무사히 나올 수 있었다. 검찰이 나와서 데려갈 줄 알았는데 그런 조치를 취한 것 같지는 않았다. 내가 그날 들어올지를 몰랐던 건지 혐의를 어느 쪽으로 두려는 계략이 아직 짜지지 않았던 것인지 어쨌든 나는 무사히 공항을 빠져 나왔다.

공항을 나온 후 강남에 있는 집으로 가지 못하고 호텔에서 하루를 묵으면서 해야 할 일들을 정리하려고 하였다. 당장 덴마크에 두고 온 유라와 손주가 큰 걱정이었고 수중에 가진 돈이 없어 미리 찾아 놓아야 했다. 앞으로의 생활비와 변호사 비용 등 대비할 것들에 대한 준비가 필요했던 것이다.

뒤늦게 내가 들어왔다는 소식이 전해지면서 온 언론과 방송에서는 모두가 나를 찾기 위해 혈안이 되어 있었다. 그러나 그 하루가 나에게 없었다면 변호사 비용이나 기본적인 생활비 등 아무것도 준비할 수 없었을 것이다. 검찰은 아마 그것을 노린 것 같았다. 나에게는 그 하루가 한 1년 같은 시간이었다. 독일에 가기 위해 어느 정도 정리를 해왔기 때문에 준비하는 데는 별로 시간이 걸리지 않았다.

다음 날 검찰 수사를 받기 위해 오전에 중앙지검으로 차를 타고 갔는데 기자들이 너무 많이 모여 있어 움직일 수가 없었다. 차에서 내리자 갑자기 기자들과 일반 사람들이 집중적으로 에워싸면서 욕을 하고 뭐라고 들리지도 않는 비난의 소리로 악을 쓰고 있었다. 어떤 남자가 달려들어 목을 조이면서 세월호 때 뭘 했냐고 소리를 지르며 나를 넘어뜨렸다. 그 바람에 바닥에 쓰러져 짓밟히고 가방과 옷은 찢기고 한쪽 신발이 벗겨져 없어져 버렸다. 인근에 경찰이나 검찰에서 나온 사람들은 보이지 않았다. 일부러 사람들한테 수모 당하는 모습을 언론과 TV에 보도하도록 방치해 놓은 것 같았다.

입구에서 누군가 잡아 끌어줘서 신발이 벗겨진 상태로 간신히 검찰청으로 들어갈 수 있었다. 너무 짓밟히고 찢기고 얻어맞아서 기진맥진하여 실신할 것 같은 상태였다. 그 순간은 정말 죽고 싶을 정도로 괴롭고 힘들었다. 난데없이 세월호는 왜 나에게 물어보는지, 허공에 하얀 점들이 떠돌면서 나는 이미 괴물이 되었구나 하는 생각이

들었다.

　그렇게 검찰청에 자진 출두하여 하루 뒤에 국정농단이라는 틀 속에 구속되어 지금까지 구금되어 있다. 나에게 씌워진 '국정농단 최순실'이라는 이름은 새로 바꾼 이름인 최서원마저도 지워버렸다. 그 이름을 영원히 사람들에게 각인시키려는 듯 언론이나 방송, 검찰에서는 '최순실'이라는 이름으로 불렸다. 이 사회에 나 최서원은 없는 존재였다. 반박할 기회도 변명할 기회도 없이 나는 세상이 뒤집어씌운 괴물 같은 존재로 알려졌고 모든 이들이 나를 그렇게 부르고 있었다.

　애초에 박 대통령을 만나지 않았다면 내 인생은 180도 다른 삶을 살았을 것이다. 그저 평범하게 학교 다니고 결혼하고 아이들 키우면서 말이다. 그런데 삶은 나를 그렇게 내버려 두지 않았다. 운명인지 필연인지 모르지만 박 대통령을 만난 것이 인생의 큰 흐름을 바꿔 놓았고 나라는 사람은 스스로에게도 잊힌 존재가 되었다.
　박 대통령이 어렵고 힘들 때 뒤에서 이름도 못 내밀고 그저 일을 도와줬다는 이유로 어느 날 사람들은 나를 국정농단자로 낙인찍고 돌팔매질을 하기 시작했다.

유서를 쓰다

　지금까지 사는 동안 하나님은 내 어깨에 너무 많은 짐을 지워 주신 것 같다. 검찰에 나가기 전날은 도저히 잠을 이룰 수가 없어 뜬 눈으로 밤을 새웠다. 타지에 홀로 남겨두고 온 유라와 손자가 눈에 아른거려 밤새도록 눈물만 쏟아냈다. 상의할 사람도 없었다. 유라 아빠의 비선실세 논란 이후 가족들과도 거의 연락을 하지 않고 지냈으며, 유라 아빠와는 이미 헤어진 상태였다. 변호사 선임도 쉽지 않았다. 그 당시 여론이 너무 악화되어 나를 도와주는 사람은 완전 반역자로 취급되어 응징의 대상이 되기 때문이었다.

　눈물로 밤을 새우다 유라에게 남기는 유서를 썼다. 이런 무지막지한 의혹 속에서 더 이상 살아서 무엇 하나 하는 생각도 들고 참으로 이런 삶이 싫었다. 박 대통령 곁에 있다는 이유로 고통 받아온 세월에 지치고 지쳐 이제는 매일 기자들을 피해 다녀야 하는 삶을 내려놓고 싶었다.

유라와 유주에게 글을 쓰는 동안 하염없이 눈물이 흘러 내렸다. 어린 시절부터 엄마로 인해 상처투성이가 된 유라에게 미안했고, 죄 없이 태어난 손자에게 앞으로 힘들게 살아가야 할 짐을 남기는 것 같아 마음이 찢어질 듯 아팠다.

사람들은 남의 슬픔이나 고통엔 관심이 없고 의혹과 비난을 즐기며 그것을 진실로 믿고 있었다. 내가 죽으면 아이들이 이 험한 세상을 어떻게 헤쳐 나가며 살 수 있을까 생각하며 부디 굳세게 살아줄 것을 당부했다. 엄마는 절대 나쁜 짓을 하지 않았고 뇌물을 받은 적도 없으니 결백하다고 그런 넋두리 같은 말도 남겼다.

그때 검찰에 가지 말고 그냥 죽었어야 했는데 하는 후회가 되기도 한다. 세상은 무조건 우리를 비난하고 내 말에는 귀도 기울이지 않는데, 가족과 생이별을 하면서 무엇 때문에 그때 검찰에 갔을까? 나 자신이 원망스럽다.

삼성과의 관계

나는 이 일이 터지기 전에는 삼성의 그 누구도 아는 사람이 없었다. 처음 박원오가 박상진 사장을 소개하기 전까지는 삼성전자가 스포츠에 지원을 하는지도 알지 못했다. 그리고 나는 어떤 순간에도 유라 혼자 지원해 달라고 요청할 만큼 바보도 아니다. 괜한 소문이 나서 시끄러워질 게 뻔한 일일뿐더러 대기업에서 유라 하나만을 지원한다는 것이 말이나 되는지 묻고 싶다.

박원오가 손을 떼자 나는 박상진 사장과 황성수 씨를 직접 만나야 했다. 일을 수습할 필요도 있었고, 박원오가 훼방을 놓고 있다는 느낌이 들었다. 박원오가 나에게 박 감독을 독일로 보내지 않으면 가만 있지 않겠다고 협박을 한 일이 있기 때문이다.

그런데 독일에서 박상진 사장을 만나자 오히려 다른 선수는 지원해도 유라에게는 지원을 끊겠다고 했다. 국내에서 떠도는 소문과 비타나(Vitana) 관련 얘기를 하면서 유라에 대한 지원을 탐탁지 않아

하는 것 같았다. 나는 이미 그때 그걸 감지했고, 박원오가 그동안 해왔던 일을 들려주며 주의해 달라고 부탁했다. 그런 소문으로 이렇게 선수 양성이 없었던 일로 될 것이면 무엇 때문에 시작했나 싶었다.

결국 우리의 계약은 무산될 위기에 처했다. 갑자기 지원을 끊으면 여태껏 준비한 회사와 직원들을 어떻게 하라는 것인가. 비덱(기존 코어스포츠의 변경된 상호)의 대표로 있는 캄플라데가 독일의 회사가 그렇게 하루아침에 예고도 없이 문을 열고 닫을 수 있는 게 아니라며 항의를 했다. 그러나 박상진 사장은 말이 통하지 않았고 무턱대고 계약을 포기하라고 했다. 캄플라데는 지금 계약을 포기하라는 것은 삼성이 계약을 위반하는 것이라며 항의했지만 그의 결심을 바꾸긴 늦은 것 같았다. 사실 계약을 포기하려면 삼성에서 위약금을 물고 법적으로 보상을 해주어야 한다. 독일 코어스포츠에는 이미 직원들이 있었고 독일은 계약상 함부로 직원을 내보낼 수 없게 되어 있다. 그리고 회사가 폐업 신고를 하려면 몇 년이 걸린다. 회사를 그만두더라도 회계법상 문제가 없어야 하고 완벽하게 조건을 갖춰야 문을 닫을 수 있는 것이다. 그런데 이들은 단지 한국에서 문제가 시끄럽다는 이유로 계약 해지를 하려는 것이다. 아마도 그 뒤에는 박원오의 농간이 있었을 것이다.

캄플라데가 정리가 필요하다며 마지막 분기 분이라도 달라고 얘길 해도 먹히지 않았다. 참으로 박상진 사장은 믿지 못할 사람이라는 생각이 들었다. 삼성전자 황 전무가 옆에 있었지만 아무런 말도 하지 못했다. 나는 박 사장을 그렇게 몇 번 만난 게 전부이며 그 만남은 씁

쓸함을 남겼다.

박상진 사장은 왜 박원오가 설립한 컨설팅 회사와 계약을 맺고 매월 1,250만 원의 돈을 지불했는지 알 수 없는 일이다. 나는 그 사실도 그때 박 사장이 얘기해서 처음 알게 되었다. 내가 미리 알았다면 삼성의 로드맵에 유라를 집어넣지도 않았을 테고 이렇게 말려들지도 않았을 것이다. 완전히 박원오로부터 이용당했다는 생각이 들었다. 내가 생각하기엔 박상진 사장도 박원오에게 당했는데 미처 발을 빼지 못한 것 같았다.

재판 중에 박원오가 한 증언은 허위가 많았으며, 상당 부분 진실을 말하지 않았다. 검찰과 특검에서 그를 기소하지 않는 대가로 완전 판을 짰던 것 같았다. 모든 것을 나에게 뒤집어씌우고 이 사건을 실제 주도한 박원오만 기소를 당하지 않았다. 죄 없는 삼성 사람들도 줄줄이 기소되고 구금되는 희극적인 일이 일어나고 있었던 것이다.

이처럼 정식으로 계약하고 시작한 법인이 어떻게 어느 의원 말대로 페이퍼컴퍼니며 그 계약이 뇌물이라고 볼 수 있단 말인가! 어느 부모가 그런 뇌물을 받아 아이를 늪에 빠뜨리는 일을 할 수 있겠는가 말이다.

회사의 폐업 신고를 하는데 세금도 못 낼 지경이 되자 화가 난 캄플라데는 '너희 나라는 왜 그렇게 약속을 함부로 깨느냐'면서 자기가 책임질 수는 없는 일이니 법적 대응을 하겠다고 했다. 내가 최대한 협조를 해서 정리를 하고 직원들에게도 잘 이야기를 해서 마무리를 짓겠다고 했으나 그게 말처럼 쉬운 일이 아니었다. 법인 세금이 나와 있는 상태였고 당장 직원들 월급과 운영비도 지급해야 했다. 박상진 사장에게 지원을 끊더라도 1분기 분만이라도 해결할 수 있도록 협조해 달라고 부탁을 했지만 그것도 거절당했다.

그때 박상진 사장은 이미 박원오에게 당한 걸 알았고 박 대통령이 이 일에 관련이 없다는 것도 알았던 것 같다. 그러기에 그의 태도는 완강했고 캄플라데나 나의 마지막 요구도 전혀 받아들이지 않았다. 말을 살 수 있게 여유를 달라는 부탁도, 회사 정리를 위한 정산금도 아무것도 인정해 주지 않았다. 올림픽까지 지원하겠다던 그들의 약속은 몇 개월도 못가서 그렇게 무너져 버린 것이다. 약속만 무너진 것이 아니다. 차라리 처음부터 도움을 받지 않고 체류하여 살았으면 아무 문제가 없었을 것을, 항상 당하고 나서야 전말을 알게 되는 어리석음을 후회한다.

박상진 사장보다 황성수 전무가 박원오에 대해서 잘 알고 있어 중간에 섰는지는 모르겠지만, 그들의 관계는 묘하게 얽혀있는 것 같았다. 황 전무는 처음부터 끝까지 책임지는 모습을 보인 적이 단 한 번도 없었다. 그들 관계에서 황성수 씨가 맡은 역할은 무엇이었을까, 계약이 성사되고 또 파기되는 것에 대한 서류정리였을까?

나는 처음에 삼성전자가 지원한다는 것도 잘 몰랐지만 마침 독일에 삼성전자가 법인으로 나와 있었다. 그런데 어찌 아시안게임도 가기 전에 계약을 취소하고 무책임하게 파기하는지, 기업인들이 정치인들의 말에 얼마나 겁을 내고 있는지 여실히 증명됨을 확인할 수 있었다. 안민석 의원도 그 점을 이용했을 것이다. 대한민국에서는 기업을 경영하는 것보다 지역구 의원이 되어서 큰 인물 뒷조사나 하고 의혹을 제기하는 것이 출세를 위해 더 나은 길일지도 모른다. 그러니 너도나도 앞다퉈 정계에 입문하려는 것인가 보다. 명예나 돈보다 권력이 더 낫다는 말이 세태를 말해주는 듯하다.

06

검찰, 특검에서 있었던 일들

검찰에 의한 국정농단의 재구성

국정농단이란 오명과 대통령의 비선실세로 대한민국을 쥐락펴락했다는 무서운 음모와 계략들이 내 어깨에 무겁게 드리워졌다. 더욱이 나를 짓누르고 일어나지 못하게 한 것은 대기업으로부터 뇌물을 받아 미르와 K스포츠재단을 설립하고 사익을 위해 그것들을 이용했다는 것이다. 그렇게 어느 날 갑자기 방송에서 터진 태블릿PC의 연설문들은 나와 박 대통령을 엮어 국정농단이라는 무시무시한 사건을 만들어 냈다. 그것은 그냥 시작된 일들이 아니다. 아주 치밀하게 계획한 자들의 행위이자 정치공작의 작품이었다.

2016년 10월 30일 영국 런던에서 출발하여 입국한 후 검찰의 조사를 받게 되었다. 내 일생 최악의 고통이 시작된 것이다.

날마다 쉬지 않고 이어지는 어이없는 신문과 검사들을 바꾸어 돌아가면서 다른 사건들을 엮는 질문들. 매일같이 되풀이되는 검찰의 압박과 질의에 대한 반강제적인 답변 요구에 지쳐갔다. 그들은 회유를 했다가 압박을 했다가 거의 공갈 협박 수준의 신문을 하였다. 그 앞에서 견디어 이겨낼 사람은 없을 듯 했다.

이 사건의 가장 중요한 단서는 태블릿PC에 담겨진 글들이다. 나는 그것을 확인하기 위해 태블릿PC를 보여줄 것을 요청했으나 그들은 보여주지도 않았고, 내 것이 아니라는 항변에도 관심이 없었다. 검찰은 이미 누군가에 의해 만들어진 파일을 마치 진실인 양 끌고 갈 뿐, 조작된 것에 대한 조사는 하지 않고 있었다. 의문투성이의 국정농단이자 누군가 배후에 막강한 세력이 있다는 반증이다.

검찰과 그 배후 세력들의 주장은 나의 사익을 위해 박 대통령이 앞장서서 재단을 만들고, 퇴임 후 내가 그 재단을 장악하려 했다는 논리였다. 검사들은 주변 조사도 하지 않고 짜 맞춘 고영태와 그 주변 인물들의 진술, 배후 세력들의 입김으로 결론을 고착화시키고 있었다. 그러나 박 대통령은 이미 박정희대통령기념사업회와 정수장학회의 이사장을 맡은 바 있어 재단으로 운영되는 곳에서 사적으로 유용할 수 있는 영역이 없다는 것을 잘 알고 있는 분이다. 그런 분이 정수장학회 이사장도 내려놓고 육영수기념사업회도 물러나 굳이 퇴임 후를 대비해서 재단을 만들었다는 논리는 고영태와 길을 같이 걷는 검찰과 배후 세력들의 모함이었다.

미르재단 설립은 전경련에 의해 만들어진 걸로 나는 알고 있었고, 이사도 차은택이 창조경제단장이었을 당시 그가 추천한 분이 맡고 있었다. 박 대통령이나 내가 욕심이 있었다면 직접 자기 사람을 임명하지 왜 문화계 차은택 추천을 받았겠는가. 차은택이 추천한 사람은 나와 일면식도 없는 사람이었다. 그렇게 자신이 추천을 해놓고 내가 다 추천한 걸로 진술을 했는데도 검찰은 그것을 그대로 받아들였다. 나는 재단과 관련된 돈은 만져보지도 못했고, 밥을 한번 얻어먹은 적도 없다. 그런 나에게 주식회사를 차려서 사익을 추구하려 한 자로 매도하고 있으니 기가 찰 노릇이었다.

평상시 문화와 우리 역사에 관심이 많았던 박 대통령은 재단 활동을 단지 순수한 마음으로 지켜보았을 것이다. 또 내가 세상 밖으로 알려지는 걸 원하지 않는 사람이란 걸 아시는 대통령이 나를 앞세울 리가 없다. 다만 내가 차은택이나 고영태와 얽혀 몇 사람을 추천하고 자문한 것이 나쁜 인연이 되어 나라를 흔들고 대통령을 탄핵시켰다는 죄책감에 잠을 이룰 수가 없다. 내가 박 대통령과 연락하고 도움을 드렸던 것들이 탄핵까지 갈 일인지 지금도 의문이다.

검찰에 들어가 처음으로 나를 수사한 사람은 첨단 수사부의 H 검사였다. 그의 날카로운 눈매와 안경을 쓴 각진 얼굴에서 옛날 중앙정보부 요원들의 모습이 스쳐갔다. 그는 기진맥진해 있는 나에게 "검찰청에 온 이상 모든 걸 다 털어놓고 현실을 인정하는 게 좋을 거다. 그렇지 않으면 밖에서 봤듯이 국민들이 용서하지 않고 검찰도 가만두지 않을 거다." 하면서 협박을 하기 시작했다.

그는 눈 한번 깜빡이지 않고 쏘아보는 눈빛으로 공포를 느낄 만큼 나를 몰아세웠다. 마치 '네가 모든 걸 불고 인정해야 더 고생을 안 하고 빨리 끝난다'는 듯 얼굴색 하나 변하지 않고 몰고 가는 그의 태도는 이미 자유민주주의의 검찰이 아니었다. 자초지종을 설명하고 진실을 밝히려 했지만 그 검사는 이미 다 확인된 것이기 때문에 부정하면 오히려 상황을 더 악화시킬 것이라고 했다. 나는 피가 거꾸로 솟는 느낌이었다. 아예 말을 하고 싶지 않았다.

검찰 수사는 의외로 JTBC 문건에 대한 이야기가 아니라 이상한 방향으로 흘러가고 있었다. 나는 시차에 적응되지 않아 거의 졸고 있어 검사의 목소리도 들리지 않고 무슨 수사를 하는지 인지가 되지 않았다. 그렇게 정확한 죄목도 없이 시작된 수사는 걷잡을 수 없이 엉뚱한 방향으로 흘렀고 그들과 나의 전쟁은 시작되었다.

재판을 받을 때보다 검찰에서 수사를 받을 때가 더 힘들었다. 하루 종일 이어졌던 수사 과정은 마치 긴 터널에 갇힌 듯 악몽 같았고, 검찰의 신문은 사람의 피를 말리고 있었다. 제일 사악하고 잔혹했던 검사는 C 여검사였다. 그는 같은 여자이기에 여자의 심리를 알아주는 척 하면서 실제로는 여자를 무시하고 제압시키려 하였다. 또 C 검사는 나보다 20살 정도 어려 보였는데 상당히 고압적인 태도로 신문을 하였다. 그 검사는 아예 나를 직권남용으로 단정하고 조사를 시작했고 박 대통령에 대한 비난도 서슴지 않았다. 변호사 접견도 시켜주지 않고 A4용지를 주면서 그냥 생각나는 걸 쓰라며 교도관이 감시하는 방에 나를 처박아 두었다. 변호사를 불러달라고 계속 요구했지만 받아들여지지 않았다. 점심시간이 되면 검찰청 내에 검은 철창문으로 식기만 주고받을 수 있는 방에 갇혀 검사가 부를 때까지 기다려야 했다. 그리고는 A4용지에 적은 것을 정리할 무렵 변호사를 불러 형식적으로만 절차에 참여하게 했다. 어떤 조력도 받지 못하도록 철저히 변호사와 차단을 했던 것이다. 그러고도 변호사가 맘에 들지 않았는지 자기가 변호사를 소개해 줄 수도 있으니 변호사를 바꾸라는 것이었다. 정말 막무가내에 안하무인인 인물이었다.

난 검사의 권한이 그리 막강한지 몰랐다. C 검사는 이경재 변호사와 사사건건 의견이 부딪혔다. 지나친 유도성 질문으로 자기 뜻대로 몰고 가니 이 변호사도 화가 치미는 것 같았다. 이 변호사는 왜 수사를 제대로 하지 않고 검찰의 의도대로, 또 본인이 쓴 내용만을 가지고 비정상적으로 수사를 하느냐고 항의도 하였다. 그러나 항변도, 사실이 아니라는 주장도 그들에겐 들리지 않았다. 자기들이 이미 짜놓은 계획대로 진행할 거면서 형식적으로 나를 앞에 앉혀둔 것이었다. 진술이란 명분을 쌓기 위해서 말이다.

제일 기가 막힌 것은 박 대통령과의 인연을 쭉 한번 써보라는 것이었다. 내가 쓴 글을 보고 수사 스토리를 만들려는 술수인 듯했다. 결국 그 내용은 C 검사가 원하는 방식대로 정리되었고 늘 그런 식으로 수사가 진행되었다. 그리고는 변호사가 항의한 내용을 조서 끝마무리에 적어 놓았다.

검찰의 수사는 악몽 같았다. 제대로 된 수사도 하지 않고 막무가내로 나의 삶을 송두리째 빼앗으려는 그들의 계획에 무너지지 않을 수가 없었다. 밤낮으로 이어지는 강압적인 수사에 나는 녹초가 되었고 아무것도 먹을 수가 없어 걷지도 못할 정도로 살이 빠지기 시작했다. 죽을 수도 살 수도 없는 힘든 상황에서 그들이 원하는 것은 박 대통령과의 연관성에 대한 것이었다. 그러나 단지 사적인 인연만 있을 뿐인 나에게서 더 이상 건질 것이 없다고 생각한 그들은 내 가족들을 끌어들였다.

수사 도중 조카 장시호와 언니네 가족이 검찰에 불려왔다. 언니는 나에게 어차피 중형을 받아 죽기 전에는 나오지 못할 것이니 시호를 위해 희생해 달라고 사정을 하였다. 공산국가도 아닌 대한민국의 검찰이 이런 짓을 시키다니 가슴이 메어지는 것 같았다.

그 다음은 딸이었다. 딸을 구하려면 무엇이든 자신들이 요구하는 대로 답하라고 압박해 왔다. 진실과 거짓 사이에서 무엇을 택하느냐가 나의 운명을 좌지우지하고 있었다. 심장이 멎을 것 같았다. 나는 그날 이후로 약을 많이 먹어야 겨우 몸을 가눌 수 있을 정도로 몸과 마음이 무너지고 있었다.

그때 투입된 특별검사 팀은 L 검사의 지휘 아래 K, G, C, H 검사 등이었다. G 검사는 고영태의 제보로 이미 많은 증거를 확보했고 주변에 대한 조사가 끝났으니 모든 걸 인정하라고 했다. 박 대통령과 공모하여 국정을 농단했음을 국민들께 사죄하는 것이 그나마 용서받을 수 있는 유일한 방법이라고 계속 회유와 압박을 해왔다.

무슨 얘기들인지 제대로 알아듣지도 못하는 상태에서 처음엔 변호사도 참관시켜 주지 않았다. 무조건 사실관계가 이러하니 인정하라고만 하였다. 변호사를 선임하는 것도 어려웠다. 대한민국이 떠들썩한 사건이라 아무도 끼어들고 싶어 하지 않았다. 나는 그때 용기를 내어준 이경재 변호사께 지면을 빌려 진심으로 감사의 인사를 드리고 싶다. 나중에 합류를 해주신 최광휴, 권영광 변호사께도 감사를 드린다.

국정농단 사건의 단초가 되었던 연설문의 경우는 내가 공직자가 아니기 때문에 문제를 크게 만들 수 없었다. 그래서 정호성 비서관하고도 분리해서 재판을 했다. 박 대통령과 엮으려면 권력에 의한 청탁, 뇌물 등으로 끌고 가야 하기 때문에 그것에 역점을 두고 신문을 하였다. 처음에 나는 비몽사몽 상태에서 왜 그런 질문을 하는지 이해를 못했다.

또 재단 관련 문제를 집중적으로 묻기 시작했는데 내가 인정을 하지 않자 L 부장검사가 나를 불렀다. 정호성 비서관이 문건 문제 등 박 대통령 관련 건을 다 진술해, 그에게는 한 1년 내지 1년 6개월 정도만 살게 하고 내보내 줄 예정이라고 했다. 그러니 나도 협조하고 털고 가야지 박 대통령 끈을 잡고 인정하지 않아 봐야 죄질이 나빠질 뿐이라고 반 협박 비슷하게 강요를 했다. 검찰이라면 있는 사실을 조사하여 유무죄를 판단하는 척도로 삼아야 하는데, 이들은 미리 짜놓은 각본에 나를 가져다 맞추려는 작업을 하였다.

여검사인 C 검사 역시 대통령이 관여했다는 것은 기본 전제로 깔고 미르, K스포츠재단 설립을 주도했음을 실토하라는 것이었다. 리커창 총리가 온다고 급조한 거 아니냐는 질문에는 웃음이 나왔다. 초보 검사다운 질문이었다. 어느 나라 총리가 온다고 재단을 뚝딱 만들 수 있다는 것인가. 그리고 그동안 만들어진 전직 대통령들의 재단, 무수한 공익재단들 모두 기업들의 출연이 있었기에 가능한 것이 아니었나 묻고 싶다. 그런데 박 대통령 재임 시절 문화재단과 체육재단을 만든 것은 왜 잘못되었다는 것인지 알 수가 없었다. 공익재단을 어찌 개인이 취할 수 있으며, 어찌 사익을 추구할 수 있단 말인가! 젊은 검사가 수사를 시작하면서 현직 대통령을 그렇게 폄훼하는 모습을 보며 이 수사는 이미 결론이 정해져 있음을 감지했다. 그들끼리는 정해 놓은 결과를 공유하면서 배짱과 자신감으로 밀어붙이고 있었던 것이다.

H 검사는 수시로 제보자의 문건이라며 C 검사에게 들고 와서는 나를 압박하였다. 주로 고영태, 류상영, 노승일, 김수현 등이 제보했다는 것인데, 성과를 올리는데 급급해 정신이 나간 것은 아닌지 의심이 갔다. 그 문건은 K스포츠, 미르재단 위에 회사를 설립하여 그 밑에 각 기업을 두고 운영한다는 계획서였다. 재단 밑에 재벌들이 들어온다는 것이 어찌 말이 되는가. 누가 들어도 불가능한 일을 그들은 위조 서류를 만들어 내게 들이대고 있었다. 내가 반발하고 이경재 변호사가 이의제기를 하여 언쟁이 붙자 그들은 일단 물러갔다.

나는 그때부터 검찰의 수사에 그냥 고분고분 응하면 안 될 것 같다는 생각이 들었다. 있을 수 없는 일이 대한민국에서 벌어지고 있는 것이었다. 누군가에 의해 조작된 거짓이 진실로 둔갑한 채 여론을 휩쓸고 있었다. 나는 지금도 가슴이 터질 것 같다. 정권에 편승해서 기회를 노리다가 불리하다 싶으면 다른 곳에 붙으려고 꺼내든 그들의 계획을 내가 왜 막지 못했을까, 자괴감이 들었다.

어느 날 수사를 받고 있는데 갑자기 태블릿PC 담당 검사가 불러 그의 방으로 올라갔다. 책상 위에 태블릿PC에서 나온 문건이라며 산더미같이 올려놓고는 국정에 관여한 내용을 사실대로 털어놓으라고 했다. 내가 태블릿을 보여 달라고 하자 그럴 필요가 없다고 한다. 정호성 비서관이 다 털어놨다는 것이다. 나의 의견을 묻는 게 아니라 다른 진술자들이 말한 내용을 시인만 하라는 것이었다. 내 말은 듣지도 않는 위압적인 분위기에 참관했던 변호사는 그날로 그만두었다. 이경재 변호사는 의도적으로 배제시켜 옆에 있을 수 없는 분위기가 만들어져 나는 육체적 고통과 함께 마음의 고통도 나날이 심해졌다. 사건 경위를 의논할 시간조차 없고 내용도 모른 채 검사의 수사를 받고 있으니, 방어권이 전혀 보장이 되지 않았다.

C 검사실에서 조사를 받고 있는데 KY 검사가 급한 수사가 있다고 자기 방으로 불렀다. 그래서 조사를 받다 말고 급하게 올라갔더니 웬일로 부드러운 음성으로 차를 마시라고 권했다. 그러면서 나를 괴물이라고 생각했는데 알고 보니 그렇지 않은 것 같다면서 협조를 해달

라고 했다. 나에게 씌워진 의혹들을 모두 사실로 믿고 나를 괴물로
비유했던 것이다.

그는 삼성의 박상진 사장을 아느냐고 물어봤다. 그가 삼성을 맡은
검사인 것 같았다. 나는 "한두 번 뵌 적이 있다. 인천 쪽 호텔에서…"
하고 대답을 했다. 그랬더니 그는 갑자기 돌변하여 작은 눈으로 나를
째려보며 됐다면서 그냥 가라고 나를 밀어냈다. 내가 박상진 사장과
긴밀한 관련이라도 있는 줄 알고 정보를 캐내길 원했던 것인가. 지칠
대로 지친 나를 급히 올라오라 해서 갔더니 고작 그걸 물어보고 자기
맘에 들지 않는다고 소리를 친 것이다. 인간 이하의 취급을 당한 느
낌이었다.

대한민국 검찰의 위세가 하늘을 찌르고 있었다. 그들에게서는 정
의로운 검찰, 국민의 억울함을 풀어주려는 검찰의 모습은 전혀 보이
지 않았다. 부드럽게 대하는 태도에 잠깐이나마 그걸 기대한 내가 바
보 같고 우습다는 생각을 한 순간이었다. 지금 생각하면 KY 검사의
그날 면담은 짜맞추기를 위한 시간벌이였던 것이다. 수사를 했다는
형식, 그것이 필요했던 것이었다.

G 검사는 옛날 대구보궐선거 때부터 전화 통화한 내용을 녹음한
자료를 갖고 있었다. 어떻게 이런 일이 있을 수 있는가, 그것은 민간
인을 사찰하여 얻은 자료가 아닌가. 그러나 그들에게 그것은 중요한
것이 아니었다. G 검사가 하는 질문의 시작과 끝은 그때부터 내가 박
대통령과 한 몸이었다는, 이른바 경제공동체였다는 것을 인정하라는
것이었다.

사실 나는 검찰의 짜맞추기식 수사를 감당할 능력도 없고 더 이상 살고 싶지도 않아서 약을 먹고 죽으려고 했다. 서울구치소에 수감되던 첫날, 구치소에 도착하여 검신하기 전에 가방에 있는 다량의 수면제와 신경안정제를 모조리 입에 털어 넣었다. 얼마나 시간이 지났을까, 눈을 뜨니 아침이었다. 어떻게 들어왔는지 하나도 기억나지 않았다. 이들이 밤새 무슨 일을 했는지 날 살려낸 것이다. 그리고는 아무 일도 없었다는 듯이 교도관들은 아무런 내색도 하지 않았다. '아, 이곳은 쥐도 새도 모르게 죽을 수도 있고, 맘대로 죽을 수도 없는 곳이구나' 생각을 하니 소름이 끼치며 온 몸에 전율이 흘렀다.

난 국정농단이란 걸 하지도 않았고 그런 생각조차도 하지 못했다. 공직에 있지도 않은 내가 어떻게 국정을 농단한다는 말인지 모르겠다. 누가 지어냈는지 기막힌 수사(修辭)이다. 마치 내가 모든 것을 다 좌지우지한 것처럼, 특검과 검찰들은 이미 그런 기획 하에 수사 방향을 정해놓고 움직이고 있었다. 그걸 막을 수도 항의해 줄 사람도 나에겐 없었다.

매일 이어지는 검찰과 나의 싸움은 극한 대립의 연속이었다. 독일에서 들어와 낮과 밤이 바뀐 상황에서 매일 이어지는 수사는 나의 몸과 정신을 압박해 거의 혼절 수준이었다. 지금이야 워낙 많이 들어 그들이 나에게 씌운 죄목이 무엇인지 알고 있지만, 처음에는 검사가 하는 질문의 내용과 그 의도를 이해할 수가 없었다. 그럼에도 불구하고 그들이 내게 요구하는 대답은 도저히 내가 동의할 수 없는 내용이었다. 팽팽한 긴장 속에 조사를 받고 저녁에 구치소로 돌아오면 죽은 듯이 뻗어버리기도 했다. 누적되는 피로와 가슴 속의 답답함으로 인해 살도 급격히 빠졌다. 원래 체중에서 10kg 정도가 갑자기 빠지니 걸을 수도 없어 몇 번이나 쓰러졌다 일어서기를 반복해야 했다.

결국 검찰에서는 내가 시인을 하지 않으니 온갖 방법을 동원하기 시작했다.

주변인들을 마구잡이로 불러들여 증인으로 들이대면서 자기들이 원하는 방향으로 수사를 끌고 갔다. 그리고 나에게는 회유와 협박을 반복했다. 하다 못해 검찰의 특수부장까지 "검찰에서 시인하면 직권남용죄로 7, 8년 살겠지만 특검으로 넘어가면 뇌물죄로 갈 것이다."라며 협박을 했다. 결국 그들의 말대로 특검에선 뇌물죄로 박 대통령과 나를 기소했다.

특검에서도 박 대통령과 나를 엮으려는 그들의 술수와 조사 방법은 도를 넘어 거의 협박 수준이었다. 이런 수사는 정말 민주국가에서 절대 있어서는 안 되는 것이다. 국가 원수인 대통령을 뇌물죄로 묶어 20년이 넘는 형량을 선고하는 나라가 자유민주주의 대한민국이라는 사실이 믿어지지 않는다. 또한 어떤 직위도 없는 내가 무슨 직권남용을 했다는 말인가! 대통령을 팔아서 했다는 것이 그들이 엮는 수법인데, 내가 어떻게 박 대통령을 팔 수 있겠는가 말이다. 나는 박 대통령이 정치권에 나서는 순간부터 내 존재를 드러내지 못하고 투명인간처럼 살았다. 그 누구에게도 내 사익을 위해 있지도 않은 직권을 남용한 적이 없다.

언젠가는 나와 대통령을 '경제공동체'라는 기이한 단어로 엮어 올가미를 씌우려 했던 이가 누군지 진실은 꼭 밝혀질 것이다. 그 궁색한 검사들의 화법에 실소를 금할 수 없다. 공산 체제에서나 할 수 있는 이야기로 몰아가고 있었다. 요즘은 부부간에도 경제공동체란 말을 쓰기 어려운 세상인데, 대통령과 내가 같은 주머니를 쓰고 있다는 논리는 어처구니없는 억지다.

그들은 나를 대한민국에서 살지 못하도록 전 재산을 빼앗으려 하고 있다. 근거도 없이 갖다 붙이는 증여세 등 터무니없는 세금 목록을 줄줄이 들이대면서 나를 압박하고 있다. 갇혀 있는 나에게 용인시장은 부모님 묘소를 옮기라는 명령을 어겼다고 과징금까지 부과했다. 자유의 몸인 다른 가족들도 있는데 굳이 구속 상태인 나에게 과징금을 부과하는 그들의 의도가 궁금하다. 경찰 수사관이 나와서 조사를 하고 혐의가 인정되지 않을 것 같다고 했음에도 그들의 보복은 멈추지 않고 있다. 아버지의 무덤까지 파헤칠 모양이다.

그들은 적폐청산이라는 명분으로 자기들이 만족할 때까지 다 뜯어내고 목숨이 붙어있을 때까지 죽이기를 계속할 모양이다. 그러면 자신들도 작금에 벌어지고 있는 일에 대해 당당히 국민들에게 신뢰를 줘야 하지 않을까? 이쪽이 터지면 저걸로 막고, 저쪽에서 큰 게 터지면 더 큰 이슈로 막는 이벤트 정치는 민주주의 사회에서 절대로 있어서는 안 될 일이다.

　그럼에도 불구하고 나는 아직 죽지 않고 살아있다. 그들이 원하는 프레임에 맞춘 증인들의 증언은 정말 상상을 초월해 혀를 내두를 정도다. 그러나 이제 그런 거짓 증거나 증인들을 아무리 들이대도 나는 흔들리지 않을 것이다. 이제 대법원 판결이 확정되면 구치소에서 교도소로 이송된다지만 어딜 가도 나는 앞으로 당하지만은 않을 것이다. 그런 거짓 뉴스와 여론 호도용 짜깁기 발언 속에서도 나는 당당히 맞설 것이다.

K스포츠재단

미르와 K스포츠재단은 대한민국의 문화 브랜드 확립을 위해 전통문화 원형 발굴과 문화예술 인재 육성을 목적으로 설립한 재단이다. 특히 가난하고 어려운 형편으로 인해 실력을 발휘하지 못하는 아이들에게 꿈과 희망을 주고자 하는 좋은 취지에서 출발했고 실제 그것은 우리 사회에 필요한 일이었다. 박 대통령의 평소 관심사와도 부합하는 일이라 그분은 모든 걸 순수하게 좋은 뜻으로 받아들였을 것이다. 누구를 위한 이익도, 본인의 사익도 추구할 분이 아니었다. 그저 우리 문화가 잘되고 태권도의 편파 시비 같은 불행한 상황이 더 이상 생기지 않길 바라는 마음에서 좋은 후원재단이 되었으면 하는 바람뿐이었을 것이다. 그러다 보니 좋은 취지에 공감하는 여러 기업들이 재단에 기부를 해 준 것이다.

여러 번 언급했지만 사실 두 재단을 어떤 개인이 사사로이 소유하는 것은 현실적으로 불가능하다. 재단법인이라 모든 것은 이사회의 승인을 받아야 되고 늘 감사를 받기 때문이다. 그런데 고영태와 차은택의 주변 사람들이 일을 만들어 세상을 시끄럽게 한 것이 문제였다.

고영태는 K스포츠재단 설립 및 미르재단과 차은택, 그리고 나에 대한 모든 것을 미르의 사무총장한테 들어서 이미 파악하고 있었다. 그는 민주당 비서관과의 친분을 내세워 이성한에게 H제약 소송 건을 해결해 준다며 미끼를 던져서 이성한을 자기편으로 만들었던 것이다. 그리고는 나에 대한 미움과 증오의 마음으로 미르와 차은택, 나에 대한 이야기를 이성한을 이용해 언론에 조금씩 흘리고 있었다.

나는 고영태가 이성한과는 전혀 모르는 사이로 알고 있었지만 그들은 이미 오래전부터 알고 지내던 사이였다. 그리고 고영태는 차은택을 자신이 소개해 주었는데 오히려 자신은 팽 당한다고 생각하고 복수를 하려고 이성한을 이용하기 시작한 것이다.

2016년 8월경 고영태가 이성한이 자기를 만나자며 연락이 왔다면서 조용히 하도록 시킬 테니 함께 만나자고 해서 간 곳이 한강 둔치 주차장이었다. 그들이 둘이 짜고 나한테 5억을 요구한 것이 그때였다. 아무것도 들고 오지 않고 서로 핸드폰도 끄기로 했는데, 이미 그들은 몰래 녹음을 하고 그걸 언론에 흘리는 치밀함을 보인 것이다. 그뿐만 아니라 미르재단 사무총장인 이성한은 매 회의 때마다 녹음을 하고, 녹취록을 만들어 고영태와 같이 작업을 하였다.

미르 사무총장 이성한은 차은택이 추천한 사람으로 그의 친구였다. 차은택은 이성한이 고영태와 공모하려는 눈치를 채고 그를 사무총장 자리에서 내보내려고 했다. 그런데 그가 물러나질 않고 오히려

녹취록 등을 만들어 공개하겠다며 협박을 해왔다. 그렇게 일이 세상에 알려지게 되었고 그들이 계획했던 대로 나를 국정농단의 주범으로 몰았던 것이다.

고영태는 나의 이름을 이용해서 각종 기획서를 만든 후 자기 회사로 돌리고 K스포츠에도 자기 사람을 심어 놓았다. 그리고는 본인이 부사무총장이 되어 정권이 바뀌면 두 재단을 장악하려 했던 것 같다.

나는 독일로 떠나기 전 더블루K를 정리했다. 내가 독일로 완전히 이주하게 되면 그냥 둘 필요가 없을 것 같다는 판단 때문이었다. 그런데 그것이 부메랑이 되어 마치 내가 무슨 이권을 챙기기 위해 비선 실세로 활약한 것으로 만들어 버렸다.

나는 박 대통령 곁에 있는 동안 무수히 당하면서도 그분을 생각해 늘 참아왔고 처신에도 조심하였다. 그런데도 이들은 승냥이처럼 나의 약점을 파고들어 이용하고, 그로 인해 언론에 퍼뜨리는 계기를 주고 만 것이다.

탄핵심판의 증인으로

박 대통령의 탄핵을 위한 헌법재판소의 재판에 증인으로 채택이 되었을 때 나는 무척 두려웠다. 여론이 나를 마녀사냥 식으로 몰아가고 있었고 국민들의 원성이 들끓을 때라 부담이 커서 진실을 말할 수 있을지 겁이 났다. 그러나 가야 했다. 나로 인해 생긴 문제들에 대해 어떠한 변명이나 이유라도 말을 해야 대통령께 그나마 속죄하는 길이라는 생각이 들었다.

나는 2017년 1월 16일 그날 권성동 탄핵소추위원장, 김성태 탄핵위원 등의 질문을 이해할 수가 없었다. 그들은 당을 살리는데 헌신한 분을 비선실세에 놀아난 사람으로 취급하는 것 같았다. 대통령 의상비를 왜 따지는지, 그걸 도와준 것이 무슨 죄인지. 그들은 다만 내가 최태민 씨의 딸이라는 게 마음에 들지 않았던 것 같았다.

대통령의 옆에는 공식적으로 보좌하는 이들이 있겠지만 그 외의 소소한 일상생활은 누구라도 도와줄 수 있는 것 아닌가. 직접 여론을 접할 수 없는 대통령에게 생생한 국민들의 생각을 전해줄 수도, 연설문 쓰는데 의견을 말씀드릴 수도 있지 않은가 말이다. 그런 것이 대통령을 탄핵한 이유의 하나라면 더 이상 탄핵이 어떤 설득력도 가질 수가 없었다. 안민석 의원 같은 선동적인 사람에 의해 나는 수조 원을 편취하고, 재산을 은닉하기 위해 페이퍼컴퍼니를 숨겨두는 등 아주 뻔뻔한 인물이 된 한편의 드라마 같은 탄핵 증언장이었다.

구치소에서 사서 꽂은 400원짜리 머리핀이 4~50만 원대를 호가하는 핀이라고 언론에 보도되는 바람에 구치소에서도 해명을 하느라 진땀을 뺀 것 같다. 그렇게 작은 의혹은 눈덩이처럼 커져서 진실처럼 되고, 진실은 허위로 뒤덮이고 있었다. 내가 헌법재판소에서 증언한 고영태 및 그 일당들에 의한 검찰 측과의 동조, 배후 세력에 대한 의문 제기는 언론에 주목을 받지 못하여 어느 곳에서도 실어주지 않았고 그냥 묻혀버렸다.

오전부터 시작한 증인 신문은 밤 8~9시경이 되어서야 겨우 끝났다. 박 대통령은 결국 탄핵이 결정되어 대통령 직에서 물러나시고 뇌물죄로 구속되셨다. 박 대통령에 대한 죄스러운 마음과 나의 삶에 대한 깊은 회한으로 몸은 점점 병이 깊어지고 있었다.

혼돈과 격정의 시간들

나의 이 고통스러운 삶은 어디가 종착역일까? 지금 나는 어디로 가고 있는 것일까?

엄마를 보겠다며 일주일에도 몇 번씩 면회 오는 딸이 불쌍하다. 딸아이 앞에선 힘들다고 말하기도, 몸이 아프다고 말할 수도 없다. 내가 힘든 모습을 보이면 금방 눈물을 흘리는 그 아이의 모습이 나를 더 괴롭히기 때문이다. 어린 아이와 함께 세상에 혼자 버려진 것 같은 딸아이 유라의 마음은 오죽할까. 내가 그 나이에 이런 고통을 겪었다면 이겨내지 못했을 것 같다. 그래도 잘 버텨주는 유라가 정말 고맙다. 엄마 만나는 게 유일한 낙이라는 딸도 이제 기결이 되면 일주일에 한 번밖에 만나지 못한다. 모든 게 또 처음으로 돌아가는 것이다.

혼자 있는 매 순간마다 검찰과 특검에서 검사들이 했던 말들이 날카로운 바늘이 되어 나를 고통스럽게 찔러 댄다. 혼자 견뎌내기 위한 힘겨운 싸움으로 지칠 대로 지친 나는 이제 영혼과 몸이 어디로 향해 가는지조차도 알 수 없이 이끌려가는 것 같다. 무엇을 위해, 왜, 무엇 때문에 내가 국정농단자가 되어 감옥에 갇혀 하루하루를 고통 속에서 보내야 한단 말인가!

이 생애에서의 나의 길은 이제 끝났음을 인식하고 있음에 삶의 희망도 즐거움도 행복도 기쁨도 남아 있질 않다. 매일매일 절망을 감수하며 견뎌야 하는 고통이 나를 옥죄어 오고 있다. 그들이 바라는 대로 나의 몸과 영혼은 절망의 나락으로 이끌려가고 있다.

이 좁은 구치소 방에서 바깥 뉴스를 접하다 보면 우리나라는 타임머신을 타고 과거로 가고 있는 것 같은 생각이 든다. 미래는 보지 않고 오로지 과거에만 집착하여 과거의 상대만 골라 조준하고 있다. 누군들 털어서 먼지 나지 않는 사람이 있을까? 지금의 그들도 언젠가는 과거의 그들이 되어 똑같이 범죄자가 되고 조준당할 텐데, 그들은 애써 외면하고 있다.

정권이 바뀔 때마다 과거 정권을 죽이려는 시도가 있었다. 지금 정권은 앞선 정부의 모든 것을 다 지우고 싶어 한다. 그러나 지우개로 지우듯 모든 걸 다 지운다 해도 진실은 살아있고 마음에 남아있는 것은 지워지지 않는 법이다. 모든 국민들의 마음속에 있는 가치나 생각까지 지울 수 있는 능력은 아무에게도 없기 때문에 역사의 진실은 밝혀질 것이리라.

지금 생각해 보면 내가 살아있다는 것 자체가 기적이다. 검찰 조사

받으러 들어갈 때 짓밟힌 나의 몸, 모든 여론이 나를 향해 쏟아내던 마녀사냥 같은 비난, 검찰의 강압수사, 특검의 미리 정해진 기획된 수사들, 그 속에서 도대체 내가 어떻게 견뎌왔을까 싶다. 허위와 거짓으로 날조된 의혹을 제기해 나라를 극도의 혼란으로 빠뜨린 그들이 원했던 건 결국 대통령 탄핵을 목적으로 했던 것이다. 그 의혹으로 나는 마녀가 되었고 여론을 등에 업은 비난의 공세에 어떤 변명도 항변도 할 기회조차 주어지지 않았다.

그들이 자신들의 이익을 위해, 정치적 목적을 위해 근거도 없이 무작위로 쏟아낸 그 허구들은 대한민국을 흔들어 놓았고 나는 만신창이가 되었다. 나는 공산국가에나 있을 법한 숙청보다 더한 고통과 번뇌를 감수해야 했다. 박 대통령 역시 말씀은 안하고 있지만 숨통이 조여 오는 고통 속에 심적 갈등이 심할 것이다.

1심 재판과 회상

1심에서는 일주일에 서너 번씩 재판을 했다. 증인들의 말 바꾸기와 거짓 증언들 속에서 심장은 멎을 것 같았고 병까지 생기기 시작했다. 박 대통령 역시 생각지도 못한 일을 겪으시면서 배신감과 함께 허탈함을 느끼셨을 것이다. 대통령이 되기 전까지 그 많은 상처를 딛고 일어나신 분이지만 처참하게 당하는 모습을 옆에서 보고 있자니 억장이 무너진다. 그분께 죄를 진 것 같아 재판이 계속되는 내내 눈물만 줄줄 나왔다. 정말 최악의 재판이고 힘겨운 재판이었다. 그래서 그분은 더 이상 재판을 견딜 수가 없었을 것이다. 그분의 곁에 있었다는 사실도, 제대로 모시지 못한 것도, 제때에 떠나지 못한 것도 모두 내 생애에 후회가 되어 나를 짓누른다.

1심 재판이 끝난 후 재판을 지켜본 많은 분들이 이제는 진실을 어느 정도 파악하고 내 진심을 조금씩 알아주고 있는 것 같았다. 진실을 알고 나면 박 대통령과 나의 순수한 관계를 이해할 수 있을 것이다. 다른 사람들도 정말 마음으로 통하는 사이라면 이해관계 없이 서로를 도와주지 않는가. 그런데 어쩌다 국정농단이라는 오명과 뇌물죄가 덧씌워졌는지 기가 막힐 노릇이었다. 모두가 나의 잘못이다. 내가 더 조심하고 고영태나 차은택 같은 이들을 만나지 않았어야 했는데 그러지 못한 것이 참으로 후회스럽다.

돌이켜보면 박 대통령을 만나지 않았다면 나의 이런 운명도 없었을 것이다. 프랑스로 유학을 떠나 적응도 채 하기 전에 육영수 여사님의 비보를 접한 그분은, 돌아오는 비행기 안에서 신문을 보고 어머니가 돌아가신 사실을 알았다고 하셨다. 누구도 그런 비보를 직접 전해주지 못했던 것이다. 프랑스에서 서울까지 열 시간이 넘게 걸리는 비행기 안에서 찌르듯 아픈 마음을 밖으로 표현하지도 못하고 내내 눈물만 흘렸다고 나중에 전해 들었다. 그 고통이 얼마나 컸을까, 가슴이 너무 아팠다.

그런데 그런 그분이 어머니 상을 치르고 퍼스트레이디 역할을 당당히 해내시는 모습은 젊은 나의 뇌를 자극시키고 가슴은 존경과 감동으로 뒤덮이게 했다. 젊은 시절 나는 그렇게 그분에게 매료되어 그분이 주도하는 자연운동 및 사회 활동을 뒤에서 조심스럽게 공감하면서 서있었다. 그런 이유로 나는 그때부터 내 안에 있는 두려움에도 아랑곳 않고 누가 무슨 말을 하든지 상관없이 그분을 내 마음속에 모셔왔던 것 같다.

그러나 이미 모두가 알고 있는 사실이지만 박 대통령의 삶은 그리

순탄하지 않았다. 어머니를 총탄으로 잃은 그분은 아버지인 박정희 대통령마저 총탄으로 잃었으니 있을 수 없는 일이고 견딜 수 없는 충격이었다. 그분에게 닥친 비극과 충격은 사람으로서 인내할 수 있는 한계를 이미 넘은 것이었다. 하지만 그분은 이겨냈다. 그리고 나는 그때도 저린 가슴으로 그분을 지켜보고 있었다.

그렇게 지켜온 세월의 마지막이 탄핵이라는 것이 난 지금도 믿을 수가 없다. 어찌 사실관계도 파악 없이 진실이 무엇인지도 모른 채 정치권에서, 그것도 여당에서조차 탄핵으로 몰고 갔는지 도무지 이해할 수 없다. 내가 거대한 마녀가 되었고 수 조 원을 챙겨먹은 뇌물 수수자가 되어 마른 장작에 불이 붙듯 걷잡을 수 없이 타올랐다. 박정희 대통령이 가장 측근이었던 김재규에게 시해된 것처럼 박 대통령도 가장 가까운 곳에서부터 탄핵이 시작되었다.

JTBC가 보도한 태블릿PC를 나는 사용할 줄도 모르고 내 것도 아니다. 그럼에도 검찰이나 특검은 가장 중요한 증거를 보여주지도 않고 수사를 일사천리로 진행해 갔다. 당연히 보여주고 진실을 밝히는 것이 검찰과 특검이 해야 할 기본임에도 그들은 본분을 잊어버리고 있었다. 아마 그들도 태블릿PC가 내 것이 아니란 걸 알았을지도 모른다. 그렇게 있을 수 없는 일이 벌어지고 있음에도 탄핵은 일사천리로 진행되어갔다.

그 후 특검이 엉뚱한 태블릿PC를 장시호가 제출했다면서 내놓은 건 정말 코미디 같은 일이었다. 탄핵의 시작이 태블릿PC임에도 불구하고 사람들은 태블릿의 진실에 대해서는 묻지도, 알고 싶어 하지도 않는 것 같았다. 그저 여론의 흐름에 따라 그 사실은 묻혀갔고, 나는 그걸 사용하여 국정을 농단한 범죄자로 낙인찍혀 버리고 말았다.

태블릿PC 등 여론조작과 변희재 대표 구속

태블릿PC 조작 사건의 진실을 밝혀 책으로 발간한 변희재 미디어 워치 대표가 명예훼손으로 구속되는 초유의 사태가 발생하였다. 명예훼손에 대한 수사는 그동안 대부분 불구속 상태로 진행되어 왔는데, 이 정권은 반대파는 무조건 구속을 시켜 입막음 하는 분위기를 조성해 나가는 것 같다.

JTBC에서 국정농단의 발단이라고 주장한 태블릿PC에 대하여 진실 공방이 이 사건 초기부터 계속되어 왔다. 그것만 밝혀져도 이 사건이 기획되고 조작된 것인지 확인할 수 있다. 그런데 검찰은 한쪽 말만 듣고 있을 뿐이다. 도대체 누가, 어떤 이들이 나를 순식간에 마녀로 만들고 대한민국을 울분의 도가니로 빠뜨렸는지 꼭 밝혀내야 할 것이다.

현재 대한민국에 정말 공정한 법치가 있는지 의문스럽다. 박 대통

령과 전 정권에 몸담았던 인사들에 대한 무차별 구속을 보면 국가가
국민의 위에서 무소불위로 권력을 휘두르고 있음을 알 수 있다. 여러
정권을 지나오면서 봤지만 이 정권만큼 간교하고 혹독한 정권을 보
지 못했다.

진실이 뭐든 신문이나 방송에서는 사람들의 입에 오르내릴 만한
사건에는 무차별적으로 내 이름을 넣었다 뺐다 하는 일을 반복했다.
하다못해 성 접대 의혹을 받고 있는 김학의 사건에까지 나를 연루시
키려 했다. 안민석 의원은 구치소 청문회 증인 신문에서 이번 사건과
관련도 없고 확인도 되지 않은 질문을 쏟아냈다. 국제 무기거래 브로
커인 린다 김을 아느냐고 묻는가 하면 심지어 국방부의 무기 도입에
도 관여하지 않았느냐는 것이다. 그것은 아니면 말고 식의 무차별 인
신공격에 인민재판이나 마찬가지였다.

나의 구치소 생활은 영어의 고통보다 억울함과 분함으로 인해 더
욱 지옥 같은 날들이었다. 재판을 받다가 독방으로 돌아오면 거짓 증
언을 망설임 없이 내뱉던 이들의 모습이 생각나 가슴이 터질 듯 아파
오며 나의 몸은 만신창이가 되어갔다. 그들이 원하는 그림이다. 고문
보다 더 지독한 괴로움으로 스스로 미쳐 정신 줄을 놓고 시인하게 만
드는 것이었다.

JTBC 제출 태블릿PC는 의혹투성이다

태블릿PC에 저장된 연설문 등 문건 수사를 맡은 검사는 정말 있을 수 없는 수사를 했다. 그들은 태블릿PC에서 나온 문건에서 국정농단의 단서를 발견했다고 주장하지만, 실제로 나는 태블릿PC를 쓸줄도 모르고 가지고 있지도 않았다. 그 실물을 보여주고 수사를 시작하자고 했으나 그들은 태블릿PC는 아예 보여줄 생각도 없었고 보여주지도 않았다.

태블릿PC 문건에 관한 수사를 하면서 그 실체를 보여주지 않고 수사를 하는 것은 업무상 과오이고 실수다. 실물은 보여주지도 않고 자기들 원하는 대로 수사를 진행하면서 맘대로 답변을 써내려갔다. 내가 아무리 항의해도 소용이 없었다. 그것은 내 것이 아니기 때문에 보여줄 수가 없었을 테고, 이미 만들어진 각본에 의해 수사를 하고 있다는 반증이었다.

처음에는 정호성 비서관과 재판을 같이 하다가 변호사 측이 태블릿PC 검증을 요구하니까 L 부장검사가 재판을 완전 분리해 버렸다. 그래서 태블릿PC의 진실뿐 아니라 공모자들을 밝히는 재판도 할 수가 없었다. 정 비서관이 이의제기를 해야 하는데 그는 이미 저들의 주장에 동의해 버리고 스스로의 갈 길을 포기하고 말았다. 그래서 그 때는 더 이상 태블릿PC 이야기를 할 수 없었다.

당시 해묵은 태블릿PC 건의 얘기가 또 나온 것은 민간인인 변희재 씨가 용감하게 진실을 밝혀내고자 한데서부터 시작 되었다. 그는 박 대통령이나 나와는 전혀 알지 못하는 민간인임에도 불구하고 진실을 밝히기 위해 책까지 출간하는 열정을 보였다. 그 책에서는 태블릿PC 의 실사용자가 누구인지 어떻게 조작이 이루어졌는지도 밝히고 있다. 그런데 JTBC 관련자들은 구속되지 않고 오히려 변희재 씨만 구속되는 일이 벌어졌으니 진실은 여전히 묻혀갈 수밖에 없는 것이다.

앞서도 말했지만 JTBC는 태블릿PC 수집 경위에 대해 처음에는 독일 집 쓰레기통에서 입수했다고 하다가 그 다음엔 미승빌딩 짐 정리한 쓰레기더미에서 찾았다고 했다. 그것이 아무한테도 통하지 않자 이제는 더블루K 관리인에게 이야기해서 고영태 책상에서 가져갔다는 것이다. 그러나 내가 독일로 떠나기 전 사무실을 확인하였고 고영태 책상에 그런 것은 있지도 않았다. 누군가 가져다 놓고 꾸민 계략임이 분명하다.

JTBC에서 그걸 어떻게 가져갔으며, 그 태블릿 안에 그 많은 자료가 있었다는 것도 믿기 어렵다. 그런데 왜 그런 거짓 정보에 대한 진실을 검찰이 밝히지 않는지 이해할 수 없다. 검찰이 공무상 비밀누설

죄의 증거로 태블릿PC를 채택한 것은 완전히 조작이자 모함을 한 것이다. 개설년도에는 쓰이지도 않았던 메일 계정과 선생님이란 칭호를 나중에, 2016년 10월에 수정했다는 것도 국과수 검증에서 나왔었다. 하지만 누가 조작했는지에 대한 수사가 없으니 그 진실이 밝혀질 수가 없는 것이다. 지금 벌어지고 있는 일들과 검찰과 특검 배후 세력들에 의한 조작 의혹은 후일에라도 밝혀질 것이다.

박 대통령에게 뇌물죄 씌우기

박 대통령에 씌워진 뇌물 혐의는 그야말로 특검이 만들어낸 잘못된 충성심이자 천인공노할 음모이다. 어느 정권이든 대통령이 경제계 인사를 만나서 애로사항을 듣는 건 상례이고 대통령의 직무이기도 하다. 그런데 지금 그들은 그걸 교묘히 연결하여 증거를 만들고 기업인들에게 겁을 주어 증인으로 출석시켰다. 정당한 기부를 마치 뇌물을 받은 것 같이 꾸미려는 그들의 의도와 그것을 많은 사람들이 믿고 있는 것이 의아할 뿐이다.

박 대통령과 나를 경제공동체로 묶을 때부터 나는 누가 무엇 때문에 이런 엄청난 일을 꾸미는지 어느 정도 짐작이 갔다. 하지만 한 나라의 대통령과 아무리 가깝게 지냈다고 해도 돈주머니를 같이 공유했다는 경제공동체라는 말은 태어나 처음 듣는 기발한 발상이다.

평범한 국민이라면 박 대통령이 뇌물을 받을 사람은 아니라는 것을 알 것이다. 지금까지 살아온 그분의 삶이 말해주기 때문이다. 그래서 저들은 그 믿음을 깨기 위해 나를 엮은 것이다. 수 조 원의 비자금, 수 백 개의 페이퍼컴퍼니 같은 황당하기 짝이 없는 가짜 정보를 흘려 국민들에게 충격을 주어 나를 제거하기로 한 것이다.

내가 무슨 큰 기업을 운영하는 것도 아닌데 매 정권마다 해온 세무조사를 또 한단 말인가. 박근혜 대통령이 정치적으로 강력한 힘을 가졌다는 것을 알고 있는지 모든 정권에서는 그분을 치기 위해 우리 가족을 이용해 왔다. 용인시에서는 구치소에 있는 내게 부모님 산소를 옮기라고 닦달이다. 내가 나가면 그것을 이행하겠지만 그러지 못하는 상황임은 대한민국 사람이면 다 알고 있는 사실이다. 그런데 다른 형제들에게는 연락이 안 된다고 나한테만 세금을 물렸다. 그들은 거짓의 구렁텅이에 빠져 헤어나지 못하고 있다는 느낌이 든다.

가족을 이용한 플리바게닝

특검에서는 삼성 관련 재판에 유라를 증인으로 나오라고 신청을 했다. 변호사들과 나는 어린 유라가 상처를 받을 것을 생각해 증인석에 나오지 말 것을 권유하였다. 그런데 새벽에 갑자기 딸이 없어진 것이다. 검찰이 증언대에 세우기 위해 아이를 호텔로 데려가 회유를 하고 재판 시간까지 데리고 있었던 것이다. 이런 검찰과 특검의 태도로 볼 때 자기들이 꾸민 사건을 정당화하기 위한 수법임에 틀림없다.

이보다 앞서 저들은 유라에 대해 온갖 혐의를 씌워 적색 인터폴 수배를 하고 덴마크에 있던 아이에게 수갑을 채워 공항까지 긴 시간을 오게 한 것도 모자라 남부구치소에 수감시켜 놓고 검찰수사를 해댔다. L 부장검사와 G 검사가 앞장서서 구속영장 발부 신청을 하고는 기각되자 또다시 2차 구속영장을 신청하였다. 마치 정신이라도 나간 듯이 재판장을 몰아세웠으나 다시 기각되었다.

엄마는 구속되어 있고 어린 아이를 돌봐줄 사람도 없는데 굳이 유라를 구속시키려 했던 그들의 악랄함과 잔인함을 나는 잊을 수가 없다. 그럼에도 불구하고 수사 성과를 못내 출셋길이 막힐까봐 2017년 7월 12일 아이를 새벽에 불러내서 증언 내용을 연습시키고 증언대에 세우는 작태는 그들의 인간성 면모를 확인시켜 주는 것이었다. 그날 특검에 의한 증언 과정은 후일에라도 꼭 밝혀내야 할 중요한 폭거다. 검찰과 특검의 비열한 수사와 인권유린을 보여주는 단면이기 때문이다.

검찰에서 나를 언니와 만나게 해 준 이유도 나에게 영재교육센터에 대해 박 대통령과 공모한 것을 인정하라는 것이었다. 그들이 원하는 것은 무조건 박 대통령과 내가 공모해서 한 일로 몰고 가는 것이었다. 그러기 위해 나의 가장 아픈 부분인 가족을 등장시킨 것이다. 언니는 나에게 빌면서 언니의 딸 장시호의 혐의를 나더러 다 안고 가달라고 하였다. 지금 분위기로 봐서는 내가 죽기 전엔 못 나올 것 같으니 그것까지 안고 가면 유라와 손주는 자기가 돌보겠다는 것이다. 자매보다 자식에게 마음이 더 가는 건 당연한 일이다. 그러나 그날 나는 너무 충격을 받아 실신할 것 같았다. 아무리 자식의 앞날이 중요하다 한들 검찰이 시키는 대로 사건을 만들어 가는 것은 동생인 내게 너무 지나친 일이 아닌가.

그 다음부터 영재센터는 내가 운영한 것으로 둔갑이 되었다. 그 대가로 장시호는 검찰과 특검이 보호해줬다는 것은 보지 않아도 다 아는 사실이다. 그날 이후 장시호와 언니는 미친 듯이 날 공격했고 나중에는 장시호가 자기 아들이 쓰던 태블릿PC에 내가 알지도 못하는 것을 저장하여 특검에 제출하는 일까지 만들어 냈다.

나는 애초에 JTBC 태블릿PC 조작설에서도 얘기했듯이 그것 자체를 쓸 줄을 모른다. 이렇듯 가족을 이용한 특검의 플리바게닝과 꾸며진 기획은 여론에 급속히 퍼져 걸러지지도 않은 채 여과 없이 보도되었다. 그렇게 나는 점점 더 완성체 마녀로 만들어져 가고 있었던 것이다.

어릴 때부터 자식처럼 사랑했던 조카의 배신에 내 마음은 더욱 피폐해져 갔고, 언니의 반란은 나를 최악의 순간으로 몰고 갔다. 시호는 자기가 살기 위해, 언니는 딸을 살리기 위해 그렇게 나를 죽이고 있었다. 언니와 조카는 나를 배신하고 진실은 외면되고 의혹만이 증폭되었다. 내가 지금 생각해도 그 순간의 큰 배신감을 어떻게 버텼을까 하는 비통한 마음이 든다. 세상이 이렇게 뒤집어지니 모두 배신으로 떠나고 나 혼자 외딴섬에 홀로 서 있는 것 같았다.

선진국에서는 전직 대통령이 일정 부분 국정에 참여하고 그분들을 예우하는 모습들을 볼 수 있다. 하지만 반세기 동안 대한민국에서는 그런 일은 없었다. 아마 앞으로도 그럴 것이다. 그것은 그만큼 현직 대통령의 실적이 없다는 반증일 수도 있다. 통합과 화합의 능력이 없으니 적폐라는 명목을 내세워 국민들로 하여금 다른 생각을 못하게 만들어 가는 것이다. 경제를 살리고 국민들의 아픈 데를 어루만지고 자기의 철학대로 국민들에게 등불 같은 존재가 되어주면 굳이 전 정권을 내치지 않아도 될 것이다. 아마도 과거 정권을 지우고 본인들만 영웅이 되려고 하는 욕심 때문이며 집권을 오래 하기 위함일 것이다.

지금 이 사회는 국민들을 선동하고 반목과 갈등으로 분열시키고 있다. 박 대통령이 나로 하여금 사익을 추구하도록 하기 위해 기업을 겁박하고 선동해서 재단을 만들어 줬다는 게 상식적으로 이해할 수 있는 말인가! 나도 이해가 가지 않는 일을 검찰은 나더러 사실을 밝히라며 압박했다.

박 대통령은 결벽증이 있을 만큼 돈과 부정부패에는 철저한 분이다. 그런 분이 기업의 현안을 들어주고 돈을 받아서 나에게 재단을 만들어 사익을 취하게 했다는 이야기는 소설에서도 나오기 힘들다. 술 취한 사람이 아무렇게나 내뱉기도 어려운, 한마디로 비정상적인 스토리다. 이 모든 이야기는 나이 든 대기업 임직원, 회장 등을 무릎을 꿇리고 항복시켜 만들어낸 허상의 스토리인 것이다.

증인들

　증인으로 나온 사람들은 모두가 한결같이 앵무새처럼 똑같은 말을 반복하며 젊은 검사의 눈치를 보느라 쩔쩔매고 있었다. 그들은 누구로부터 그렇게 진술하라고 지시를 받은 것일까? 정말 우스운 건 검사는 검찰 측이 신청한 증인들에게는 아주 착하게 질문을 한다는 것이다. 증인들도 이미 연습을 하고 나온 듯 검사가 의도한 질문에 적절한 대답을 하곤 한다. 반면 자기들의 주장과 반대편에 있거나 증언을 불리하게 하는 사람에겐 벌떼같이 달려들어 공격을 퍼부어 대는 것이다.

　그러니 법정에서 감히 검사들을 들이받으며 진실을 말하려고 하는 용기 있는 사람은 찾아볼 수가 없다. 피의자 신분으로 구속될까 두려워 자신들은 박 대통령으로부터 강압적인 의사를 전달받았다고 고분고분 말하는 그들을 보고 있자니 비참하게까지 느껴졌다. 박 대통령 역시 재판에서 증인들의 그런 모습을 보고 얼마나 고통스럽고 억장이 무너졌을지 짐작이 간다.

증인들이 하나같이 쏟아내는 증언들은 마치 화살이 된 듯 박 대통령에게로 향하고 있었고, 박 대통령을 관통한 화살은 또 나에게로 날아왔다.

증인들의 기죽은 목소리는 이 시대의 참담한 실상을 말해주는 한 편의 시대극이었다. 과거 정권부터 오늘에 이르기까지 기업과 손을 잡지 않은 정권은 없을 것이다. 평창올림픽을 위해 롯데에서는 많은 기부를 하였다. 그런데 정작 당사자는 올림픽 개막식 저녁 리셉션에 참석하지도 못하고 구속되었다. 단물은 다 빼먹고 괘씸죄는 그대로 다 주겠다는 술책이다. 사실 그렇게 단죄할 것 같으면 기업으로부터 어떤 기부도 받지 말고 모든 걸 국고에 의존하거나 다른 방법을 찾아야 하는 것 아닌가 싶다.

삼성은 괘씸죄에 걸려 이곳저곳에서 숨도 못 쉬며 얻어맞고 있었다. 그들이 무슨 죄가 있나. 기업은 스포츠 육성을 위한 승마 지원 프로젝트에 의해 지원한 것일 뿐이다. 나는 개인적으로 돈을 받아 쓰거나 횡령한 일도 없다. 사실 유라의 승마 관련 후원도 받고 싶지 않았는데 박원오의 계략에 말려든 것이다.

우리나라 기업의 존재감이나 영향력은 외국에서 평가하는 우리나라 국가 신용도에 미치는 영향은 실로 엄청나다. 삼성만 해도 독일 곳곳에 간판이 붙어 있으며 유럽에서는 한국의 대표적 기업으로 잘 알려져 있다. 그런 글로벌 기업은 반세기 동안 어떤 능력 있는 정치인이 집권하더라도 다시 나오기 힘든 기업이다. 그런데 경제는 다 죽어가고 여기저기서 힘들다고 난리인데 멀쩡한 기업들을 죽이려고 하다니 이해할 수가 없다. 적폐 청산이라는 미명 아래 아직도 이곳저곳에서 억울한 수사를 당하는 기업들이 많은 것 같다. 훗날 검찰은 그 많은 일들을 머릿속에 기억이나 할 수 있을지 모르겠다.

나는 처음 구속되어 1인 독방에 갇히면서 숨이 막힐 것 같은 마음에 견딜 수가 없었다. 공황장애와 함께 폐쇄공포증까지 생긴 듯 쇠창살 안에 갇혔다는 것만으로도 견디기가 힘들고 뛰쳐나가고 싶었다. 거의 보름 동안을 씻지도, 먹지도, 잠을 자지도 못했다. 그런데 의외로 약이 나를 살리고 움직일 수 있게 해 주었다. 그때부터 먹기 시작한 약은 이제 허용된 용량을 넘게 삼켜야 겨우 견딜 정도가 됐다. 살이 10kg 이상 빠지고 근육이 빠져나가기 시작하면서 몸은 점점 더 쇠약해졌다. 그래도 숨 쉬고 있다는 사실이 신기하기만 하다. 3년 동안 외부와 단절된 채 독방에 갇혀 외로움과 고립된 시간을 견디는 이유는 언젠가는 꼭 내가 증인이 되어 지금 이 사회를 고발하기 위해서이다.

07

재판, 그리고 뒷이야기

박 대통령 선고

박 대통령에게 선고가 내려졌다. 총 형량은 징역 32년, 벌금 180억 원과 추징금이 33억 원에 달한다. 아무 죄도 없는 분에게 이런저런 죄를 엮어 총 18개의 죄목을 씌워 그런 중형을 내리다니 과연 대한민국은 자유민주주의 국가인가 묻고 싶다.

대통령을 지낸 분께 뇌물죄라니 다른 나라에서 본다면 우리나라를 어떻게 볼지 걱정이 된다. 박 대통령은 뇌물을 받을 분도 아니지만 그런 돈을 쓸 분도 아니다. 워낙 검소한 성품인 것은 웬만한 이들은 다 알고 있는 사실이다. 그런 분이 무엇이 아쉬워 뇌물을 수수하겠는가. 판결은 진실과 너무 동떨어져 있다.

박 대통령과 그 측근들의 과거를 몽땅 지우기 위해 덧씌워진 모략들 앞에서 모든 것이 굴복하고 있다. 언론은 짜맞춰진 대로 보도를 하고 있고 정치권에서도 박 대통령을 위해 입을 여는 사람은 보기 드물다. 의리나 연민 같은 것조차 찾기 어렵다.

이런 누명을 쓴 박 대통령은 얼마나 심장이 터져나갈 것인가. 없는 죄를 뒤집어씌우는 것뿐만 아니라 대통령으로서 정당하게 수행한 업무조차도 이제 와서는 범죄행위로 몰아가고 있는 것이다. 그 위에 또 다른 문건들로 뒤집어씌워진 혐의들, 저들이 자신이 없음에 그럴 것이다. 박 대통령의 죄는 사실이 아니기 때문에 진실이 밝혀질 때를 대비해서 이런 죄가 또 있어 구속할 필요가 있었노라고 둘러대기 위해 열심히 만들어야 하는 것이다. 눈에 뻔히 보이는 속임수의 정치고 어리석은 일이다.

그들도 결국은 대물림해서 되돌려 받을 것이다. 언제가 될지는 모르지만 우리가 거쳐 온 긴 역사를 살펴보면 진실은 반드시 밝혀지게 되어 있다. 그동안 모진 역사 속에서 숱한 괴로움을 당한 분을 감옥에 가두고 추징금으로 재산을 몰수하겠다는 것은 공산 체제적 발상이자 숙청 방식임을 그들은 알아야 할 것이다. 국민들도 그래서 태극기를 드는 것이리라. 진실이 뭔지 알기에, 그분이 당하는 것이 가혹하기에 거리로 나서는 것이다. 강제로 동원된 것보다 더 무서운 것이 자발적인 힘이다. 한 방울의 물이 모여 바다를 이루듯.

항소심 선고

최악의 결과였다. 썩은 나무에 계속 물을 주고 있었던 꼴이다. 다시 살리지도 못할 싸움을 6개월간 진이 빠지게 변호사들과 같이 계속 싸워왔다. 이미 재판장은 처음 시작부터 예단을 가지고 있었던 것 같다. 1심보다 더 심한 판결에 나는 너무 어이가 없고 기가 막혀 더 이상 이 길을 가고 싶지도 않았다. 항소심이라면 그래도 뭔가 다른 판결이 있어야 하는데, 이럴 거면 항소심 절차를 왜 만들었는지 모르겠다. 혈압이 70/40으로 떨어지고 출혈이 심한데도 일말의 기대를 걸고 재판에 나왔는데, 여기가 사회주의인가 자유민주주인가 묻고 싶다.

개인의 인권이나 고통은 아예 생각지 않는 것이다. 재판장의 오만과 독선이 사람의 마음을 헤집고 비참하게 만든다. 차라리 사형선고를 내릴 것이지, 실제 20년 형은 나에게 사형선고나 다름없으며 게다가 재산까지 빼앗은 선고다.

내가 어떻게 국정을 농단했다는 것인가! 태블릿PC 사건은 왜 그냥 묻어가 버리는가? 왜 태블릿PC를 보여주지도 않고 수사를 하고 내 것이라고 단정하여 얘기하는가! 뭔가 자기들 모순이 쌓여 국정농단을 일으킨 것을 재판부는 내가 국정을 기획한 것으로 몰고 가고 있다고 판시했다.

헛웃음이 나왔다. 재판 기록과 증거서류를 하나하나 제대로 읽어보고 다 숙지나 했는지 묻고 싶다. 1심의 유죄로도 모자라 몇 가지를 더 붙여서 형량을 선고했다. 징역 20년에다 벌금 200억, 추징금 78억. 도저히 내가 감당할 수 있는 금액이 아니다. 뇌물 한푼 받은 적 없는 내가 받아들일 수 있는 무게의 형벌이 아니다.

왜 그렇게 아픈 것까지 참아가면서 열심히 재판에 임했는지 후회가 된다. 그래도 정의는 살아있을 거라고 믿었던 것인가. 이제 대법원이 남아있지만 별로 기대가 되지도, 결과에 연연하고 싶지도 않다. 상고심을 한들 이런 분위기가 지속된다면 더 이상 기대할 것도 없을 것이다. 아무리 재판부의 양심을 믿어본들, 민주주의에 호소한들 그들도 권력의 손아귀에서는 자유롭지 못할 것이기 때문이다.

이제 이 전쟁을 끝내고 싶다는 생각뿐이다. 지금 내 상황은 그들이 원하는 바대로 되어가고 있다. 적폐청산이란 그 구체적 대상이 있어야 하고 정당성이 입증되어야 한다. 입맛대로 하는 것이 적폐청산이 아니다. 지금 그들도 대기업에 손을 내밀고 자기들 사람을 요직에 앉히는 인사를 하며 더욱이 사법부를 흔들어대고 있지 않은가! 과거에도 그랬고 지금은 아예 기업을 쥐고 흔들고 압박하고 있지 않은가?

나는 번민과 고심 끝에 일단 상고를 하기로 했다. 형식적인 재판 결과가 나올 것은 뻔하지만 그래도 한번 해보는 게 낫지 않겠냐는 딸아이의 말을 따르기로 한 것이다. 또다시 긴 시간을 거쳐 언제 어떤 판결이 나와 역사에 어떻게 남을지 두고 볼 일이다.

박 대통령은 상고를 포기했다. 아마 그 선택이 맞을지도 모른다. 오랜 세월 겪어본 정치사에서, 신 권력자에게 구 권력이 이긴 예는 없었다. 아마 그분도 정치적 재판의 결과는 뻔하다고 생각하신 것 같다. 하나마나한 재판에 출석하는 것도, 상고하는 것도 부질없다 생각하셨을 것이다. 시간이 지나 정권이 바뀌어야 자신의 결백함이 밝혀지는 날이 오리라 생각하고 계실 것이다. 그러니 나라도 상고심에서 재판을 어떻게 끌고 가는지 봐야 역사에 기록되지 않을까?

'묵시적 청탁'을 인정한 것은 정말 한심하고 어이없는 일이다. 사람이 사람 마음을 꿰뚫어 보고 알아서 이심전심으로 청탁을 하는 것이 어떻게 가능한지 묻고 싶다. 부부가 평생 한집에 살면서도 서로의 마음을 알기 힘든 것인데, 대통령과 단독면담을 했다고 해서 이심전심 통할 수가 있다는 것인지. '묵시적'이란 말의 사전적 의미를 봐도 '직접적이고 명료한 말이나 행동이 없이'라고 되어 있다. 이는 즉 청탁이 없다는 뜻이나 마찬가지다. 법률에도 없는 말을 만들어 내어 판결을 한 재판장의 생각이 궁금하다.

굳이 그렇게 본다면 어떤 정권이든 이런 묵시적 청탁으로부터 자유로울 수 있는 정권은 없다. 역대 모든 사람을 재판에 세울 것인가. 내가 보기엔 현 정권은 대놓고 기업을 협박하고 강요하고 있다. 이 논리대로라면 현 정권에서 대통령이 반드시 독대를 하지 않아도 여러 명의 대기업 회장단을 만났다면 그들도 현안이 있을 테고 대통령도 알 것이니 서로 묵시적으로 마음을 읽었다고 해야 할 것이다.

아무리 정권이 바뀌었다고 해도 불합리하고 상식을 벗어난, 심지어 증거가 없으니 사람의 마음속까지 들여다보는 심령 재판은 너무 지나친 처사이다. 묵시적 재판은 모두를 옭아매는 세기의 잘못된 재판이 될 것이다.

끝나지 않은 싸움, 그리고 단상들

항소심 선고를 받고 나는 이 땅에 정의롭고, 바르게 보고 판단할 소신 있는 재판관이 있기나 한 것인지 회의하지 않을 수 없었다.

대법원에 가도 뻔한 노릇일 것이다. 어떻게 재판장마다 한 사건을 객관적으로 판단하지 못하고 왜곡된 시각으로 보는지 알 수가 없다. 그게 판사들에게 주어진 권한인 것인지 궁금하다. 이심전심으로 마음이 통했다는 논리로 묵시적 청탁을 인정한 것이라면 누구나 그 사슬에서 벗어날 사람은 없을 것이다. 혹여 대법원은 법률심이라니 '묵시적 청탁'이라는 죄가 타당한지 일말의 기대를 해보지만 큰 희망은 갖지 않는다. 이미 재판부가 박 대통령이나 내가 뇌물을 받지 않은 사실을 알면서도 그런 판결을 내렸기 때문이다.

미승빌딩은 내 젊은 시절의 꿈과 삶이 서려있는 곳이다. 30여 년

전 그곳에 설레는 마음으로 처음 유치원을 개설하면서 나는 어린이들을 위한 교육 사업에 헌신하리라 생각했었다. 그리고 20여 년 동안 유치원을 운영하며 사랑스런 아이들과 즐겁고 보람된 시간을 보내기도 했다. 그렇게 평생 쌓아온 나의 유치원, 추억이 있는 미승빌딩을 이제는 뇌물로 간주해서 빼앗겠다고 하는 것이다. 사랑하는 아이들과 같이 했던 곳, 많은 아이들의 발자취가 남은 그곳을 나는 이제 다시 돌아갈 수 없게 되었다.

매일 같이 뉴스마다 잡혀가는 이들, 정적을 제거하는 모습들을 보면 우리나라의 앞날이 걱정된다. 앞으로 누가 정부를 위해 헌신하고 노력할 것인가. 지난 정권의 사람들을 다 죽이고 보수 인사들을 갖가지 올가미에 씌워 검찰에 끌고 가고, 또 다른 죄명을 씌워 또 구속하고, 나는 여기가 공산국가가 아닌가 하는 생각이 든다. 보수를 모두 궤멸시켜서 무엇을 하고 싶은 것일까?

김정은과 정상회담을 한다고 전국이 들썩이고 있지만 결국 국민들의 혈세를 북한에 퍼주려는 것 아닌가. 그리고 김정은도 대한민국의 보수와 과거 정권을 죽이고 싶어 하는 마음은 같을 것이다. 대한민국이 이렇게 기울어져 가고 있는 것이 가슴 아프다.

미르, K스포츠재단에 출연한 기금들이 뇌물이라면 그 돈은 당연히 기업에 돌려줘야 한다. 검찰에 회유된 기업들도 묵시적 강요로 무서워서 돈을 냈다고 하나같이 외치지 않았던가. 그런데 미르재단의 기금은 정부에서 전부 압수했다고 언론에서 보도하였다. 법원의 판결까지 그렇게 났고, 그런 원리라면 정부가 그 돈을 가지면 안 되는 것이다. 현 정부는 그야말로 내로남불의 전형을 보여주고 있다.

3년째 독방에서

오늘도 나는 혼자 밥 먹고, 혼자 운동하며 무인도에 버려진 외톨이처럼 살고 있다. 벌써 3년째 누구와도 말하지 못하고 혼자만의 1평 독방에서 미친 듯, 아니 미쳐가면서 살고 있다. 내가 무슨 흉악한 범죄자도 아니고 위험한 전염병 환자도 아닌데 어떻게 이렇게 철저히 분리시킬 수가 있는지 알 수 없다. 민주국가이니 차마 죽일 수는 없고 스스로 죽어가길 그들은 원하는 것이리라.

접견을 갈 때도 한 치의 여유를 주지 않는다. 미리 정해진 방에 들어가 기다리다 접견이 끝나면 바로 독방으로 돌아오게 되니 숨이 찰 지경이다. 북한의 정치범이나 탈주범 같다는 생각이 든다. 살아있다는 것이 기적이고 미치지 않은 것만도 다행이다.

그토록 잔인하게 나의 정신력까지 압살하여 내가 미쳐버리기를 바라겠지만, 그래서 이제 적당히 입 다물고 찌그러져 있기를 바라겠지만, 나는 대법원까지 정신 차리고 다시 가 볼 것이다. 나를 걱정해 편지를 보내 주고 위로해 주는 분들에게 보답하기 위해서라도 해 볼 작정이다. 끝까지 진실을 믿고 함께 해주는 최광휴, 권영광 변호사 님과 손잡고 한 걸음 한 걸음 계속 가 볼 것이다.

기결이 된 이후론 하루를 보내기가 더욱 힘들어졌다. 오후 3시에 30분 동안 운동하는 것을 빼고는 아무것도 할 수 없다. 딸을 만나는 것도 일주일에 한 번으로 제한되었고 접견 시간도 10분밖에 허락되지 않는다. 앞으로 이런 세월을 어떻게 보낼 수 있단 말인가.

저녁에 잠자리에 들 때면 허리의 통증으로 눕기도 불편하고 수술한 팔은 바늘로 찌르는 듯 쑤셔댄다. 통증을 완화하기 위해 먹은 약 때문에 정신이 몽롱해지며 심연의 나락으로 떨어지는 듯하다.

다행히도 딸 유라의 국가대표 훈련비 반환소송은 우리 측이 이겼다. 당연한 일이지만 그들이 패소한 첫 사례이다. 이런 엄혹한 현실에도 살아있고 양심 있는 재판을 해준 판사님께 경의를 표하고 싶다. 국가대표 선수 훈련비를 반환해야 한다면 모든 대표선수들을 상대로 해야 한다. 그런데 유독 우리 딸만 지목하여 흔들어 댄 것이다.

요즘 적폐청산 운운하면서 벌어지는 사건에 나를 엮는 일을 또 시작하고 있다. 정윤회 비선실세 논란을 불러일으켰던 박관천 경정이 김학의 부인과 내가 알고 지낸 사이라는 증언을 했다는 것이다. 그러자 공영방송이라는 KBS가 사실 확인도 않고 그 내용을 방영했다. 나는 바로 KBS를 상대로 제소를 했고 결국 방송사에서는 반론보도로 정정을 해야 했다. 어찌 공영방송이 기본적인 사실관계조차 확인하지 않고 보도를 내는지 이해할 수 없다. 구속되어 있는 자가 무슨 말을 할 수 있을까, 죽은 거나 다름없는 사람이니 아무리 찔러봐야 꿈틀거릴 기운이나 있을까 생각했나 보다.

사람을 잘못 만난 대가로 늘 배신을 당해왔던 내가, 또 배신을 당해 이런 꼴이 되었다. 검찰과 특검이 원하는 건 박 대통령과의 인연을 여기서 완전히 끊어버리고 다 인정하라는 것이다. 그러나 내 잘못으로 인해 박 대통령이 죄를 받고 고초를 당하고 있는데 이에 굴복할 수는 없었다. 그러자 그 후 검찰에서는 직권남용으로, 특검에 넘어가서는 뇌물죄로 몰고 갔다.

3족을 멸한다

2016년 12월 24일, 크리스마스이브에 특검에서 있었던 실랑이는 한마디로 언어폭력의 극치였다. 특별수사팀장인 S 검사의 삼족을 멸하겠다는 그 말은 아직도 날카로운 비수가 되어 내 가슴을 찢어놓고 있다. S 검사, 나는 그를 결코 용서할 수 없다. 그와 그 가족이 얼마나 잘 살아가는지 지켜볼 것이다. 나보다 열 살이나 어려 보이는 검사에게서 당한 모욕이라 치가 떨리는 게 아니다. 자유민주주의 대한민국의 검사인 그가 무슨 특권으로 남의 가족에 대해 삼족을 멸해버리겠다는 저주의 말을 내뱉을 수 있단 말인가! 포악하고 잔인한 그의 말에 가슴은 피멍이 들어 지워지지 않는다.

어쩌면 그건 단순히 나온 말이 아닐 수도 있다. 협조하지 않으면 나를 이용해 박 대통령을 뇌물로 엮어 역사에서 지우려는 그들만의 계획이 있었기에 그렇게 나를 겁박했을 것이다. 칼보다 더 날카롭게 나의 심장과 뇌를 도려내는 듯한 고통을 준 그 언어의 망나니들이 이

대한민국에서 버젓이 권세를 누리고 있다는 사실이 믿기지 않는다. 그들은 지금 이 순간에도 어느 곳에서 누구에게 그 칼을 휘두르고 있을지 생각만 해도 몸서리쳐진다. 나는 죽을 때까지 그들이 내뱉은 말을 용서하지 않을 것이며 잊지 않을 것이다.

사실 검찰의 수사를 받는 입장이 되면 죄가 없더라도 위축될 수밖에 없다. 조사를 받다가 검찰이 쉬는 시간이면 검은 쇠창살이 쳐진 방 안에 수감되어 대기하게 되는데, 그때는 하루가 일 년 같이 느껴진다. CCTV가 있고 검은 철창 위에 조그맣게 뚫린 창살 사이로 넣어주는 차디찬 밥을 먹으면서 그들 검사가 수사를 재개할 때까지 하염없이 기다려야 했다.

수사 및 재판 과정에서 알게 된 이야기
(미르, K스포츠 재단 출연 관련 기업들의 진술)

나는 독일에서 삼성이 승마 지원을 취소한다고 해서 박상진 사장을 만난 것 외에는 기업체 인사들과는 인사를 나눈 적도 없었다. 그렇기 때문에 전경련이나 기업들이 미르, K스포츠재단 설립에 기부하게 된 과정을 구체적으로 알지 못했다. 그런데 재판 과정에서 증인으로 나온 전경련과 기업체 관계자들의 증언을 통해 그들의 입장을 들을 수 있었다.

우선 전경련 경영지원팀 직원으로서 미르, K스포츠재단 설립과정 실무자였던 이모은 씨는 2016년 10월 22일 검찰 조사 시, 전경련에서 그룹별로 금액을 정해주었지만 강제성은 없었다고 진술했다. 그래서 실제로 현대중공업, 신세계 등은 전경련의 요청을 거부하기도 하였다고 한다. 전경련 사회협력팀장이었던 권순범 씨 또한 LS는 할당액보다 1억 원을 적게 출연하였고, 금호아시아나, 대림, 포스코는 출연을 거절하였다고 이모은 씨와 유사한 진술을 하였다.

한편 문체부 체육정책과장이던 박성락 씨는 미르, K스포츠재단 설립 과정에 외부 압력을 받은 적은 없었다고 진술하였다. 최상목 청와대 비서관도 기업들이 한류 열풍으로 우리 문화로 인한 이익 창출 효과가 크므로 사회에 환원하는 일을 하는 것이 필요하다는 인식이 있었다고 하였다. 그런 연장선에서 MB정부 때도 미소재단 출연이 있었고, 어느 정도는 기업들의 자발적인 출연 형식을 갖춘 재단이나 사업이 매 정권마다 있어 왔다고 진술했다.

전경련이 출연을 요청하였던 기업 측 관계자들의 진술도 들을 수 있었는데 현대차의 김용환 부회장은 BH(Blue House)의 요청사항이고 전경련 회원 기업이 모두 참여하였으며 중국 리커창 총리가 오는데 현대차도 중국 사업이 있으니 다소 도움이 될 것이라고 생각하여 출연하게 되었다고 하였다. 현대차 박광식 부사장 또한 국제 교류 사업이 글로벌 판매에도 도움이 되기 때문에 긍정적으로 검토하였다고 진술하였다.

한진그룹 김재호 이사는 재단의 설립 취지는 이해되나 이미 체육 관련 지원활동을 하고 있으며 일률적 배당은 부적절하다고 생각해 K스포츠재단 출연은 거절하였다고 진술하였다. 이처럼 자율적인 분위기 속에서 출연이 이루어졌고 실제로 거절한 기업도 있는데, 왜 뇌물죄를 적용시키는 것인지 모르겠다.

금호아시아나 경영지원팀장인 김정호 씨는 당시에 생각할 때 전경련에서 18개 그룹에 출연금을 걷는 상황에서 좋은 뜻에서 하는 것이기 때문에 결정이 된 것이라고 생각하였다고 하였다. 금호아시아나 서재환 사장 또한 미르 출연을 거절할 수도 있었으나 다른 전경련 회원사들이 참여하는데 빠지면 체면이 서지 않고 메세나 기업 이미지를 고려하여 미르재단 출연에 참여하였다고 하였다. 박삼구 회장에게도 문화사업인만큼 금호아시아나 그룹의 사업과도 연관성이 있고 그룹의 위상이나 이미지에 도움이 되는 것 같다는 취지로 보고하여 결재를 받았다고 하였다. 출연 금액에 대해서는 전경련에서 하는 일인데 불공평하게 요청하지 않았을 것이라고 생각하고 큰 금액도 아니었기 때문에 다른 회원사들에게 확인하지 않았다고 진술하였다. 그러나 K스포츠재단은 사업과 직접적인 관련이 없으므로 거절하였다고 증언하였다.

삼성그룹 미전실의 기획팀 김완표 씨는 재단의 설립 취지가 나쁘지 않았고 여러 곳에서 동참하는 모습을 보이면 좋을 것 같았다고 하였다. 그리고 여러 기업이 분담하면 비용을 줄일 수 있으므로 참여 기업수를 늘리자고 제안하기도 하였다고 진술하였다. 한편 신세계 전략실의 정동혁 상무는 이미 문화예술 분야에 충분히 지원하고 있으므로 미르재단 출연은 거절하였다고 증언하였다.

KT에서는 전인성 부사장이 임원 간담회와 이사회 의결을 거쳐 회장의 승낙을 받고 미르재단 출연을 결정하였는데, 다수의 대기업들이 참여하였고, 설립취지가 바람직하다고 생각한 측면도 있었다고 진술하였다.

GS의 여은주 전무는 전경련의 연락을 받고 회장에게 보고하였으나 별다른 반응이 없었고, 그 후 미르재단에 출연하였다고 진술하였다. 그런가 하면 대림산업의 배선용 상무는 스포츠는 사업과 별 상관이 없으므로 K스포츠재단에 대한 출연을 거절하였다고 진술하였다.

한편 LG의 구본무 회장은 "LG가 재단 출연을 거절할 경우 불이익을 입을 우려가 있어 불가피하게 응하게 된 것이 아니냐?"는 검사의 질문에 "저는 모르겠습니다. 일단 제가 기금 출연과정에 전혀 개입을 하지 않았고, 이를 결정한 하현회 사장도 관례에 따라 전경련이 분배한 금액을 낸 것으로 보입니다."라고 진술하였다.

CJ 그룹 조영석 부사장은 2015년 10월 23일 전경련 5개 기업 임원회의가 끝난 후 직속상관인 경영지원 총괄부사장 변동식, 이채욱 부회장에게 보고를 하였는데 "나라에 큰 사건이 있을 때, 예를 들면 세월호 같은 사건이 있을 때라든가 큰 수해가 있을 때 전경련에서 재계에 지원을 요청하는 경우에 해당한다고 판단하여서 긍정적인 검토를 해보자는 분위기였다."는 취지로 진술하였다. 같은 그룹 손경식 회장은 "저희는 전경련에서 다른 기업들도 모두 출연을 한다고 하여 냈던 것입니다. 다른 기업들은 다 내는데 저희 그룹만 내지 않으면 이뻐 보이지는 않을 것이라는 점을 걱정하는 정도였습니다."라고 진술하였다.

포스코 최정우 부사장은 2015년 11월 6일 이사회를 개최하여 재단 출연을 승인 받고 출연금을 지급하였다고 하였다. 이사회 당시 일부 다른 의견도 있었지만 결국 전원 승인을 하였다는 진술도 하였다. 그러면서 포스코가 미르재단에 출연한 이유는 청와대가 전경련을 통해서 모금한다는 것을 짐작했기 때문이었고, 여기에 대기업들이 동참하고 한류문화 사업을 해외로 확산한다는 좋은 취지도 있다고 생각했기 때문이라고 하였다. 또 출연 당시 청와대나 전경련에서 출연 거부 시 어떤 불이익을 줄 수 있다는 말이나 어떤 암시 같은 것을 준 사실은 없다는 취지로 진술하였다.

포스코 권오준 회장 역시 시간이 촉박하여 구두로 국가적 사업이므로 출연해야 하는 상황임을 이사들에게 설명을 하고 동의를 얻어 출연 결정을 하였다고 진술하였다. 어쩔 수 없이 출연에 동의한 것 아니냐는 질문에 대해서는 "사업의 타당성 측면에서 어느 정도 타당성을 가지고 있었기 때문에 저희들도 찬동하자고 한 것입니다."라고 증언하였다. 같은 회사 전무 황은연 씨는 "취지가 좋다고 하면 일단 기업의 창구는 전경련입니다. 전경련에서 기업의 규모에 따라서 토탈 금액을 정해 놓고 어느 정도 하는 것이 좋겠다고 정해주는 것이 일반화되어 있기 때문에 그 정도 수준에서 생각한 것이지, 특별하게 거기에 대해서 좋다, 나쁘다 생각은 안 했습니다."라고 증언하였다.

두산에서는 김병수 부사장이 "특별히 보고할 일이 있으면 박용만 두산 회장에게 보고하는데, 재단 출연금은 특별히 박용만 회장에게 의사결정을 먼저 받을 필요가 있는 사항은 아니었다."고 진술하였다. 검사의 "두산 그룹의 입장에서는 대통령의 지시로 재단을 설립한다는 전경련의 말을 들었기 때문에 이에 응하지 않으면, 향후 기업을 운영하면서 여러 가지 어려움을 겪을 수도 있다고 생각하고 일방적인 출연 요구에 응하였던 것이지요?"라는 질문에 대해서는 "지금 말씀하신 포괄적인 것은 그럴 수 있겠습니다만, 아까 말씀하신 건건에 대해서는 그 당시 염두에 둔 바 없습니다."라고 증언하였다.

그리고 SK의 박영춘 전무는 "좋은 취지로 재계가 공동으로 재단에 출연하기로 한 것이다. SK그룹이 문화 및 체육 분야에 전문가가 아니므로 전문가 그룹을 통해 사회에 공헌할 수 있으면 좋겠다는 취지로 달리 재단 운영이나 임원진 구성에 참여한 사실은 없다."고 진술하였다. SK의 최태원 회장은 "전경련에서 저희 그룹에 할당된 금액을 출연하라고 하고 재단 설립이 나라에서 적극적으로 관심을 갖는 것이라 하여 과거 관행대로 출연을 했다고 들었다."고 진술했다.

이처럼 전경련과 기업 관계자들의 증언을 들어볼 때 미르와 K스포츠재단 관련 출연 과정에 출연기업에 대한 어떠한 위협이나 협박이 없었음을 알 수 있다. 싫으면 출연을 거절하면 되는 것이지 모두 내로라하는 대기업인데 협박당할 이유가 없다. 실제로 몇몇 기업은 자기들 업종과 관련이 없는 사업이라는 이유로 출연을 거절했으며, 이로 인해 불이익을 받은 바가 없었다. 도대체 무엇을 근거로 이들을 협박하여 출연케 했다고 하는지 알 수가 없다.

대법원은 2019년 8월 29일 상고심 판결에서 1심, 2심과 달리, 검

찰이 기소한 대기업 상대 강요죄 적용을 무죄 취지로 판시하고 고등
법원으로 사건을 돌려보냈다. 대법원에서 볼 때 검찰이나 1심, 2심
의 판단이 너무나 사실과 어긋나자 마지못해 우리 측의 주장을 받아
준 것이었다, 만시지탄이었다. 1심부터 강요죄가 무죄로 선고되었다
면 이후 재판 전체가 달라졌을 것이다.

08

구치소 생활

또 다른 세상

구치소, 이곳은 세상 속에 있는 또 다른 세상이다. 세상 어느 한 구석에 이런 장소가 이런 모습으로 존재하고 있으리라곤 지금까지 살아오면서 생각해 보지도 못했다. 대한민국의 한 켠에서 여기 있는 사람들 모두가 죄인이라는 이유로 하루하루 어려움 속에서 견디고 인내하고 있음을 이곳에 와서야 알게 되었다.

이곳에 들어와서 손에 수갑을 차고 다니는 일은 일상이 되었고 안해본 일이나 경험해보지 못한 일들이 없을 정도이다. 늘 누군가 따라다니며 감시를 하고 병원을 다닐 때도 전자발찌에 수갑과 뒤로 연결된 벨트 수갑도 차야 한다. 내 몸을 내가 자유롭게 움직일 수가 없으니 그것 자체가 질곡이었다. 내가 삶의 끝자락에 이런 수모를 겪게 될 줄은 꿈에도 생각지 못했다.

나날이 바쁜 속에서 살았던 내가 여기서는 거의 매일 똑같은 일상에 방에 갇혀 있는 시간이 많으니 괴롭고 힘든 나날이다. 누군가 나에게 말했다. 이제 적응할 때가 되지 않았느냐고. 시간이 갈수록 더 힘들고 나약해지는 곳이 이곳이거늘 어찌 적응되어 간다 할 수 있을까. 어쩌면 적응되어 간다기보다 길들여져 가는 것이고 어쩔 수 없이 삶을 하루하루 흘려보내는 것이다.

나는 재판을 받는 기간 동안 서울구치소, 남부구치소 그리고 동부구치소, 세 곳을 옮겨 다녔다. 서울구치소에서의 6개월은 지옥과 같은, 마치 어둠의 긴 터널을 지나가는 것 같은 시간이었다. 밤늦게 그리고 새벽까지 이어지는 검찰 수사도 힘들었거니와 외부에서 들려오는 비난과 비판, 심지어 머리핀에도 사람들의 날선 비판이 나를 향해 꽂히던 순간들이었다.

그리고 대통령 탄핵이 진행되고 있었던 시간들은 아주 길고 긴 살얼음판 위를 걷는 것 같았다. 그 기간도 힘든 고통의 시간이었지만 박 대통령이 탄핵되어 서울구치소로 들어오신 것은 내 생애 최악의 순간이었다. 통곡에 통곡을 해도 가슴이 메어오며 숨을 쉴 수가 없었다. 그리고 나는 남부구치소로 옮겨져 극한 고통을 느끼며 몸은 점점 나빠지기 시작했다.

게다가 박 대통령과 재판을 병합한다는 법원의 결정은 내게 참으로 고통스럽고 힘든 나날을 보내게 했다. 일주일에 서너 번, 그것도 저녁까지 이어지는 재판은 정말 견디기 힘든 시간들이었다. 특히 힘든 건 박 대통령과 함께 자리하여 곁에서 재판을 받는다는 것이었다.

박 대통령이 서울구치소로 오시자 나는 2017년 3월 24일 새벽에 남부로 이송되었다. 남부는 1인 독거실이 서울구치소의 반 정도 크기밖에 되지 않는 작은 밀폐공간이라 숨을 쉬기조차 힘들었다. 법정과의 거리도 멀어 왕복 4시간을 걸려 가서 또 몇 시간을 강행하는 재판은 피를 말리게 했다.

너무 힘들고 혹독한 재판이었다. 존경하며 모시던 박 대통령과 이런 재판을 받으리라곤 살면서 상상조차 못한 일이었다. 나는 법정에서 박 대통령을 뵈어도 서로 눈을 마추칠 수도 없었다. 회한과 통한의 시간이 좀처럼 가시지 않고 있었다.

박 대통령 시절 충성심을 보이려 애쓰던 사람들이 증언대 위에서 뱉어내는 배신의 소리는 박 대통령은 물론 나에게도 가슴에 비수를 꽂는 것처럼 고통스러웠다. 평소 심장이 좋지 않은 박 대통령은 더욱 견디기 힘들었을 것이다. 재판을 마치면 파죽음이 되어 돌아와서 그 좁은 방에서 숨도 거의 못 쉬고 쭈그리고 잤다.

매일 이른 아침부터 재판에 나가기 위해 6시에 일어나 8시 30분이면 출발해야 한다. 재판정까지는 너무 멀고 시간이 많이 걸려 엉덩이는 짓무르고 하혈이 계속되었다. 너무 고통스럽고 더 이상 견디기 어려워 재판부에 구치소 이송을 호소했다. 그러나 박 대통령과 공모 관계이기 때문에 서울구치소로는 갈 수가 없다고 했다.

이송 문제는 검찰이 쥐고 있는 것 같았다. 검찰이 난색을 표하며 안 된다고 한다. 철통같이 감시하고 막고 있으면서 거기서 내가 뭘할 수 있다고…. 다행인지 나중에 동부구치소가 2017년 6월 29일 송파구로 옮겨져 오면서 이곳으로 이송되었다. 여기 이송될 때도 전혀 얘기도 없다가 새벽에 깨워 짐을 싸고 마치 작전을 방불케 하듯 이동을 시켰다. 그때부터 지금까지 동부구치소의 작은 독거방에서 외롭고 아픈 몸과 씨름을 하고 있다.

1년 7개월에 걸쳐 이어진 1심 재판이 이제 선고만 남아 기다리고 있다. 나는 그동안 진실이 밝혀질 것이라 생각하면서 재판을 받았지만 생각 외로 그 진실과 현실은 멀고 먼 곳에 있는 것 같다.

견디기 힘든 날들

2018년 여름은 최대 가뭄에다 보기 드문 폭염이라 작은 방에 갇혀 있는 나는 숨을 쉴 수도 없을 지경이었다. 하루에 고작 하는 일이 운동 30분 외에는 밥 먹고 쭈그리고 앉아있거나 누워있는 일이 전부다. 하루하루가 무력감에 돌아버릴 것만 같다. 게다가 약을 너무 많이 먹다보니 이제는 나이를 먹을수록 걷지도 못할 것 같은 느낌이 든다.

기결수가 되면 유일하게 찾아오는 손자도 한 달에 네 번만 볼 수 있단다. 이런 식의 수감이라면 교화나 교정은 사실상 불가능하다. 이렇게 철저히 격리만 시키면 나중에 세상에 나가서 무슨 일을 하고 어떻게 사람들과 어울려 살 수 있겠는가. 나처럼 종신형에 가까운 형을 받아 구치소나 교도소에 수감된 사람들은 어쩌다 운이 좋아 세상 밖에 나가더라도 아마 적응도 못하고 두려움에 떨다가 죽어갈지도 모른다. 무슨 죄를 지어 들어왔든 여기에 갇힌 모두에게 애잔한 마음이 든다. 그들의 고통이, 그들의 아픈 마음이 어느새 나에게 동병상련의 마음으로 다가오고 있다.

선고가 가까워 오면서 걱정이 된다. 나의 몸이, 나의 영혼이 여기서 생을 마감하지나 않을까. 우리 딸과 손자가 평생 감옥에 있는 엄마, 할머니로만 기억하게 되면 어쩌나. 나를 이렇게 만든 이들이 증오스럽다. 어떻게 이런 터무니없는 혐의를 덮어씌워 사람의 목을 조르는 일을 태연히 할 수 있단 말인가! 자기만 살겠다고 다른 사람의 삶을 짓밟는 일을 어떻게 할 수 있을까. 그러나 모두가 아니라 해도 그래도 이 땅에는 진실을 밝히고자 하는 사람들이 있을 거라고 나는 믿는다.

하루 종일 선풍기를 돌리고 있다. 습하고 퀴퀴한 바람이지만 그것마저 없으면 탈수 현상으로 죽을 것 같다. 이렇게 견디다 무슨 좋은 날이 올 거라고 난 이렇게 하루하루를 버티고 있을까. 정말 가슴이 먹먹하고 머리가 텅 비어가는 것 같다. 긍정적인 생각을 하려고 하다가도 하루에도 몇 번씩 마음이 오락가락 한다.

오래전에 진료를 했던 구치소 의사 선생님이 했던 말이 기억난다. 바쁜 일상 속에서도 하루에 5분이나 10분 정도 멍 때리는 시간을 가져 뇌를 쉬게 하면 정신적으로 여유를 가지게 되고 집중력도 높일 수 있다고. 그땐 그 말이 가능한가, 그러면 만병이 없어지겠네 하고 피식 웃어넘긴 적이 있었다. 그런데 여기 들어와서는 자연히 멍 때리고 싶지 않아도 그렇게 할 수밖에 없다. 단지 바깥세상과의 차이는 밖에서는 멍 때리는 게 바쁜 일상 속의 탈피나 여유, 자유일 수 있지만 구치소에서의 멍 때림은 1평 좁은 방안에 갇혀 머리를 짓눌리는 정신병 같은 것이었다. 밖에서는 매일 반복되는 일상에 인생의 허무함을 느끼기도 했지만 이곳에서의 허무함은 그런 사치스러움이 아니라 죽음과도 같은 것이다.

구치소 안의 또 다른 구치소

  세상 밖의 사람들은 구치소라고 하면 수감자가 갇혀 있는 감방만 생각할지 모르나 구치소 안에는 따로 조사실이라는 곳이 있다. 평소 수감자들은 방통(방과 방 사이의 벽을 통한 대화)으로 편지와 물건을 주고받거나 기타 영치금을 대신 내주기도 한다.

  간혹 방통을 통해 갖가지 조직적인 범죄를 저지르는 이들도 있어 구치소에서는 이에 대응하기 위하여 담당이나 주임들이 수시로 순시하면서 감시를 하는 것이다. 만약 방통한 것이 적발되면 조사실 독방에서 갇혀 홀로 생활을 해야 한다. 그곳은 TV도 없고 담당이 24시간 밀착 감시를 한다.

  조사실에서도 더 심한 행동을 하면 징벌방이라는 곳으로 보내지게 된다. 징벌위원회를 통해 징벌이 확정되면 TV나 기타 물건, 이불조차 없는 징벌방으로 가야 한다. 그곳에서는 누구와도 대화할 수 없고, 운동하는 시간도 주어지지 않는다. 그야말로 지옥의 문을 향해 걸어 들어가는 것이다. 그냥 독방에 들어가는 건 그나마 낮은 수준의 징벌이고 자해나 가혹한 행위를 한 경우에는 손과 발에 수갑을 채워 그대로 독방에 들여보낸다. 그 상태로 징벌 일 수만큼 갇혀있어야 한다. 저녁에 잘 때만 이불을 넣어줬다가 새벽에 다시 빼곤 한다.

밤이면 여기저기서 괴로움과 두려움에 겨운 신음소리가 들려온다. 그래도 구치소에선 습관이 돼서 그런지 별다른 감각을 느끼지 못하는 것 같다. 이같이 구치소 안의 또 다른 구치소는 어찌 보면 수감자에겐 가장 혹독하고 두려운 장소일 것이다.

미결수 신분, 그리고 위안이 되어 주는 사람들

나는 구치소에 수감되면서 가장 이해가 되지 않았던 것이 미결수들에 대한 처우 문제였다. 미결수들은 아직 형을 확정 받지도 않았는데도 구속 수감되어 포승에 묶이고 수갑을 찬 채 재판을 받으러 다니는 것이었다. 우리나라의 헌법과 형사소송법에 '무죄 추정의 원칙'이 있음에도 불구하고 재판 중인 피고인들을 구치소에 마구잡이식으로 구속 유치시키는 것은 사회 전체가 좀 생각해 봐야 할 문제가 아닌가 싶다.

구치소에서는 수용 시설이 부족하다보니 3~4인실에 6~8명을 가둬두는가 하면 어떤 때는 6인실에 10명 이상을 들여보내기도 한다. 작년 여름처럼 무더운 날에는 좁은 방이 사람의 열기로 뒤덮여 거의 죽어 나갈 뻔하였다.

내가 보기엔 암환자들, 고질병 환자들, 파킨슨병 환자들, 걷기도 어려운 노인 등의 미결수들을 굳이 구속까지 시켜가면서 재판을 받게 할 필요가 있는지 싶다. 이것이 지금 인권을 중시한다며 인권 자유를 부르짖는 사람들이 할 일인가? 과거에 매달리기보다 현재의 아픔을 더 살펴야 하지 않을까 생각된다.

이곳에서는 아무리 아프고 일어나지 못할 정도의 환자라도 혼자서 모든 걸 해결해야 된다. 혹여 도움을 주다 발각되면 스티커를 발부받거나 징벌방에 가야 한다. 운 좋게 교도관에게 적발되지 않더라도 누군가 신고를 하면 바로 징벌을 받게 되니 엄격한 구치소의 규칙 때문에 선뜻 나서기도 힘들다.

그리고 아침에 식사 전, 식사 후 두 번의 점검과 저녁 4시 30분에 이뤄지는 총 세 차례 점검은 누구에게도 예외일 수 없다. 아프다고 절규하는 사람에게도 결코 예외를 허용하지 않고 똑바로 앉은 자세로 점검자에게 인사해야만 한다. 검찰의 무분별한 구속수사부터 줄이고 구치소의 시설을 점검한 후 구속도 배분해야 하지 않을까 생각해 본다.

나는 구치소에 수감되어 3년쯤 지나다 보니 다른 수감자들의 억울함과 고통이 내가 느끼는 것과 같다는 생각이 든다. 접견실에서 만나는 가족들의 고통과 슬픔도 다르지 않을 것 같다.

지금 정부에서는 자기 측근이 소환될 때는 수갑을 차고 포승에 묶인 모습이 안타깝고 안쓰러운지 모든 걸 풀어주는 것 같다. 잠깐 외출이라도 하는 듯 자유로운 모습으로 호송차에서 내리는 것을 본 다른 수감자들은 뭔가 알지 못할 비애를 느꼈을 것이다. 저들에겐 다른 수감자들이 언제나 수갑이 채워진 채 줄줄이 포승줄로 앞뒤 연결되어 끌려가는 모습은 눈에 보이지 않았나 보다. 그것이 아마 현 정권이 부르짖는 자기들만의 인권이자 그들이 내세우는 자유민주주의인가 보다.

구치소의 일상 중에 나는 변기에 걸터앉아 있는 시간이 가장 편하다. 하루 종일 맨바닥에 앉아 있다 보면 근육이 빠져버린 엉덩이에 염증이 생겨 앉아있기가 힘들기 때문이다. 변기에 앉아 있으면 그런 고통이 조금 덜해진다. 매일 연속되는 슬픈 나의 현실이다.

동부구치소는 최신 시설이긴 하나 모든 게 전자시스템과 지문인식 시스템화 되어 있어 면접이나 접견을 갈 때면 4~5개의 철창문을 통과해야 한다. 운동장도 콘크리트 바닥이어서 흙을 밟아볼 수도 없다. 철창 밖 하늘만 바라보며 건물 안에 갇혀서 새장에 갇힌 새와 똑같은 신세임이 한스러울 뿐이다.

아침 식사는 아침 점검이 끝나는 6시 20분경 먹고 점심은 11시경, 저녁은 폐방시간인 4시 30분에 맞춰 나온다. 그런데 거의 10~15분 내로 식기를 거둬가기 때문에 위염이 있는 나는 너무 빨리 먹다 체해서 매일 토하고 먹기를 반복하느라 견디기 힘들다. 식사 후에는 식기를 닦아야 하는데 쭈그리고 앉아서 닦을 수밖에 없어 엉덩이는 더 짓무르고 허리가 끊어지는 듯이 아프다.

그리고 사람들이 제일 두려워하는 것이 다른 곳으로 이송되어 가는 것인데, 어디로 가는지, 언제 가는지 그날 새벽에야 알려준다. 그렇잖아도 불안한 수용자들에겐 가장 견디기 힘든 일 중 하나이다. 서울구치소에서 이송될 때 나는 가족과 연락이나 접견이 안 되는 상태였으니, 변호사마저 없었다면 나는 언제, 어디로 가는지도 모를 일이었다. 이송되는 당일 아침에야 알려주고 간첩을 이첩하듯이 급하게 이송하는 것이 두려웠던 기억이 난다.

구치소 독방에서 저녁이면 성경을 읽는다. 허전하고 고독한 맘을 달래주기엔 성경만한 것이 없다. 진리가 무엇인지 알게 해주는 책이다. 어느덧 구치소에서 보낸 세월이 오래되었으니 성경책을 몇 번이나 읽었다. 수요일이면 2주에 한 번씩 교회 집회에 참석한다. 미결수는 2, 4회 때마다 참석하는데, 유일하게 내 마음을 소리 내어 기도할 수 있는 기회이다. 나는 관심수용자라 노란 수번을 달고 있어 맨 나중에 들어갔다 끝나기 전에 미리 나온다. 사람들과 마주치면 안 되기 때문이다.

여기서 예배를 보는 것도 쉽지 않다. 눈물이 하염없이 흐른다. 나의 목소리를 하나님이 들어주시길 바라며 가는 그곳이 나의 마음의 천국이자 그리운 곳이고 길을 밝혀주는 곳이리라.

그래도 이곳 동부구치소에 와서 제일 감사한 것은 예배에 참석하도록 해 준 것이다. 물론 처음부터 참석할 수 있었던 것은 아니다. 그래도 수요일이 기다려지는 것은 하나님과 만나고 찬송할 수 있는 유일한 시간이기 때문이다.

밤이 되면 더 괴롭다. 하루 종일 켜있는 불 때문에 눈이 나쁜 나는 저녁때가 되면 눈에 피로가 쌓여 따갑고 건조하다. 구치소에 묶여있는 생활이라는 게 참으로 불편하고 힘들다. 그래도 다행히 얼마 전부터 밤 10시경이면 복도에 있는 전등이 꺼져 좀 나은 것 같다.

나는 2주에 한 번씩 정신과 치료를 받는다. 수사 과정에서 나에게 고통을 준 검찰, 특검이 안겨준 병마 때문이다. 밤이면 더욱 고통스럽고 힘이 든다. 악몽을 꾸는 날이면 공황장애가 심해져 홀로 방에서 식은땀을 흘리며 넋을 잃었다 잠깐 잠이 들었다 깨어나기를 반복한다. 그런 날 아침이 되면 거의 파죽음이 되어 점검을 받는다.

모든 것이 그립다. 친구들과 걸었던 길들, 유라의 초등학교 시절 같이 지냈던 일들, 가족 여행을 갔던 추억들, 그리운 과거로 타임머신을 타고 가고 싶다. 언제까지 이렇게 살아야 할지, 현실이 너무나 가혹하며 고독하고 쓸쓸하다. 좀 더 나를 위해 열심히 살 걸 하는 후회가 된다. 박 대통령의 곁에서 투명인간으로 살지 말고 내 삶을 즐기면서, 가족을 위해 열심히 살 것을…. 나만을 위해 평범하고 멋있게 살다 죽을 걸 하는 후회가 몰려온다. 아무도 알아주지도 않는 믿음과 신의 때문에 나의 인생이 곤두박질치고 있다. 어디까지 굴러 떨어질지 모를 일이다.

모든 것이 혐오스럽고 싫어진다. 더 이상 앞도 보이지 않는 길을 기다리고 있기가 지치고 무기력해져 이젠 종착역이 어딘지 알고 싶다.

관심대상 수인

조그만 철창으로 막힌 방안에서 아무하고도 얘기할 수 없는 독방에 갇혀있다. 나는 다른 사람과 달리 노란 죄수번호를 달고 관심 대상으로 분류되어 있다. 여기서 관심 대상이란 무엇이든 같이 하면 안 되고 무조건 혼자 해야 되고 행동 하나하나가 모두 보고가 되는 감시 대상 1호라는 말이다. 동부구치소에서는 여자 중 나 혼자만이 노란 번호표를 붙이고 있다. 어디서든 눈이 마주쳐도 안 되고 말을 시키거나 걸 수도 없다. 접견이나 면접을 갈 때도 늘 혼자만 이동한다.

누구와 이야기 한 마디 나눌 수가 없으니 정신병자가 되어 가는 것 같다. 무죄 추정의 원칙에 반하는 행위이며 미결수에게 가해지는 학대나 다름없다. 나는 미결수로 있는 동안에도 거의 기결수에 준하는 모든 제재를 받았다. 나도 언젠가 할 수 있다면 그들을 법의 심판대에 앉히고 싶다.

220

나의 구치소 생활은 구치소 안의 또 다른 구치소 생활이나 다를 게 없다. 사람과 사람 사이에서 부딪히면서, 비벼대면서, 옥신각신 싸우기도 하면서 사는 그런 세상이 그립다.

어쨌든 모든 것이 다 나의 잘못이다. 내가 존재하지 않았다면 일어나지 않았을 일이고 여기 올 일도 없었을 것이다. 선고를 일주일 앞두고는 출혈이 심하고 어지러워지면서 숨이 쉬어지지 않는다. 맥이 조금씩 약해지며 숨이 가쁘다. 지난번에 병원 응급실에 실려 갔을 때, 꿈에 엄마와 아버지가 오시더니 아마도 내가 불쌍하고 안돼 보여 데리러 오신 모양이다. 그런데 왜 그냥 가셨는지 모르겠다. 남겨질 증손자와 외손녀 때문이었을까? 고아가 될 그 애들을 보기 안타까워 영혼이 왔다 그냥 가셨을까?

꿈속에서 엄마, 아버지 영정사진 중간에 내가 있는 걸 봤다. 정신이 혼미한 상태였지만 확연히 엄마와 아버지 영정사진이었다. 내 길이 얼마 남지 않았나 보다. 내 삶은 언제 떠나도 안타까울 것도 없지만 적어도 박 대통령이 석방되는 것이라도 보고 가야 할 텐데 하는 마음이다. 평생 힘들게 살아오신 분이기에 이제는 좀 편해지시길 바란다. 어떤 이들에게는 그렇게 죽이고 싶도록 증오의 대상이었는지 모르지만 나라를 위해 자신의 한 몸을 바치신 분이다.

무엇이든 영원한 것은 없다. 사람들은 영원할 것 같고 영원히 가질 수 있다고 생각하는 것들을 위해 이전투구를 벌이기도 하지만 모든 건 끝이 있다. 이제는 과거의 정치사에서 교훈을 얻어 상대방을 짓밟는 일은 멈추었으면 한다. 그런데도 아직 욕심이, 과잉충성이, 그릇된 생각들이 그걸 내려놓지 못하고 있어 안타깝기만 하다.

종이학 천 마리

일본에 있는 어떤 분이 종이학 천 마리를 접어서 보내주셨다. 그 정성이 얼마나 감사한지 눈물이 나올 정도이다. 그것을 접을 때의 마음과 하나하나 접으며 공들인 그 시간이 정말 고맙고 아름답다. 학이 내 소원을 들어줄 순 없겠지만 그 마음이 서로에게 전해질 것임에 감사드린다.

요즘 많은 분들이 격려의 글을 보내 주시고 있다. 그분들께도 진심으로 감사를 드린다. 인터넷 기사를 모아 세상 밖 소식을 전해주시는 분, 편지로 위로를 보내주시는 분, 책을 보내주시는 분, 모든 분들께 감사의 인사를 드리고 싶다. 그분들 마음에도 나처럼 진실이 밝혀지기를 바라는 갈망이 있을 것이라 생각해 본다. 비록 일일이 답장을 하지 못하는 처지이지만 진심으로 감사하고 있다고 전해드리고 싶다.

교도관들

2016년 서울구치소에 수감되기 전에는 죄를 지으면 감옥에 간다고만 알았지 구치소가 뭔지, 교도소가 뭔지도 몰랐다. 내가 어쩌다 구치소에 들어와 보니 미결수를 수용하는 곳은 구치소이고 재판 결과 징역형이나 금고형을 선고받은 사람을 수용하는 곳은 교도소라고 한다는 것이다.

구치소의 교도관들은 근무하는 날이면 하루 종일 구치소 안에서 나갈 수도 없고 핸드폰도 사용하지 못한다고 한다. 행동이 자유롭지 못한 것으로 보면 수감자와 크게 다르지 않은 것 같다. 갇혀 있느냐 아니냐의 차이일 뿐이다.

내가 겪어보니 그들은 공무원 중에서 제일 고생이 많은 것 같았다. 아침 6시면 각 방을 점검하는 것으로 시작해 하루 종일 순회하며 이상 여부를 확인하곤 한다. 또 그들은 수감자가 경찰서에 가서 조사를 받을 때나 재판을 받으러 갈 때 늘 동행하여 기다리고 지켜

봐야만 한다.

각 사동에는 40~50명 정도가 수용되어 있는데 사동마다 주임이 한 사람씩 있다. 사동 주임은 그 사동의 학부모나 마찬가지인 셈이다. 따라서 수감자들은 그 담당자에 따라서 수용 생활이 어려워질 수도 있고 좀 수월하게 지낼 수도 있다.

구치소에 있다가 형이 확정되면 교도소로 이감을 가게 된다. 수감자들은 대부분 이감 가는 걸 제일 두려워한다. 교도소 건물은 대부분 지은 지가 오래되어 시설이 형편없어 벌레가 나오기도 하고 변기에서 올라오는 악취가 심하기 때문이다. 이곳 동부구치소가 지어지기 전 성동구치소(옛날명)에서는 한겨울에도 연탄난로와 수용자 방에 지급된 매트 한 장으로 견뎌야 했던 시절도 있었다고 한다. 3번째 팔 수술을 하고 난 뒤 몸이 점점 쇠약해지고 근력도 떨어진 상태다. 이감할 곳이 너무 멀면 딸과 손자가 찾아오기 힘들 텐데 하는 생각만 든다.

요즘 고위공무원들의 비리와 책임 회피가 한창 논란이 되고 있는데 그래도 이 사회가 무너지지 않는 것은 보이지 않는 곳에서 묵묵히 일하는 일선 공무원들의 헌신과 희생이 있기 때문인 것 같다. 새벽부터 밤늦게까지 근무하는 교도관들을 보면서 그들의 투철한 사명감에 존경하는 마음이 들 정도이다.

고위 공직자들은 인맥, 학맥으로 연결되어 자기들끼리 자리를 나눠 먹고, 또 그것을 이용해 권력을 휘두르기도 한다. 그러다가 결국 열심히 쌓아놓은 공적을 깎아내 버리고 패가망신하는 경우도 있지만 말이다. 그래도 모든 교도관과 일반 공무원들이 흔들리지 않고 제자리를 지키고 있어 이 나라가 겨우겨우 살아남는 것임을 이 정권은 알아야 할 것이다. 그 일선 공무원들이 흔들리면 아무리 국가가 잘 운영되고 있더라도 오래지 않아 나락으로 떨어질 것이다.

동부구치소의 여자 교도관들의 헌신과 사랑은 이곳 수감자들의 마음에 작은 감동을 주고 있다. 나라의 맨 꼭대기에 있는 공직자들이나 정치인들이 제일 어렵고 힘든 곳에서 일하는 공무원들의 고단함을 알고나 있는지 묻고 싶다. 종종 교도관들과 재소자들의 다툼 때문에 강압적인 일들이 불가피하게 벌어지는 경우가 있어 수용자들이 불편을 느낄 때도 있다.

그런데 요즘 같은 난국을 들여다보면 적어도 이 사람들은 개인의 목적과 출세를 위해 남을 짓누르려고 하지는 않는다는 것이다. 고위 공직자들은 이 사회를 지탱하는 일선 공무원들에게 갑질을 할 것이 아니라 따뜻한 배려와 감사의 마음을 가져야 한다.

코로나19와 구치소

요즘 코로나19 바이러스가 기승을 부리고 있다. 애초부터 중국으로부터의 유입을 막았다면 이렇게까지 확산되지는 않았을 것이다. 신천지 신도들 사이에서 환자가 많이 나왔다고는 하나 그 근원을 그들에게 돌리려는 것은 국가의 책임과 의무를 회피하는 것이다. 이건 한 집단의 문제이기보다 국가가 책임져야 할 재앙이다. 이 난국에 그곳만 계속 파서 뭘 얻자는 것인지 모르겠다. 선제적으로 여러 지역을 점검하여 방역을 하고 마스크를 공급해야 하는데 정부가 그 역할을 못하고 책임을 전가하고 있다. 부디 바이러스 퇴치에 정치적 의도가 담기지 않기를 바란다. 적어도 자신을 던져 온몸으로 희생하고 있는 의료진들의 헌신적인 땀과 희생이 헛되지 않게 말이다.

구치소는 사실상 감염병에 대해 대책이 없다. 이곳은 코로나 사태 초기에 아예 마스크고 뭐고 공급 대상에서 제외된 듯했다. 생각지도 않게 바이러스에 걸리면 죽음을 기다릴 수밖에 없다. 수감되어 있는 사람을 밖으로 데리고 나가 격리시킬 수도 없으니 오직 운에만 맡길 뿐이다. 교도관들은 마스크를 쓰고 있지만 수용자들에겐 단 1개의 마스크도 주어지지 않았기 때문이다.

코로나19 바이러스로 인해 검찰의 울산시장 수사 및 조국 사건 등이 묻혀 버렸다. 아예 검찰 조직을 모두 바이러스 전담반으로 만들어 그 사건들을 영원히 묻어버리려고 하는지 모르겠다. 나의 앞길이, 나라의 앞날이 전혀 보이질 않는다. 하나님께 엎드려 기도해 봐도 가슴이 답답할 뿐이다. 하나님도 코로나19로 인해 빗장 걸어놓은 교회의 모습들이 안타까우신 걸까, 응답도 없으시고 갈 길에 대해 묵묵부답이시다.

2016년도부터 시작한 재판은 거의 4년째 이어지고 있다. 서울고
등법원에서 2020년 2월 14일 파기환송심 선고재판을 하고 마지막으
로 두 번째 대법원 판단만 남았다. 지금까지 구치소에 갇혀 보낸 세
월은 긴긴 어두운 시간들이었고 괴로운 나날이었다.

내 인생의 끝자락이 구치소 수감생활일 줄은 꿈에도 생각을 못했
다. 이제 내가 할 수 있는 건 지친 내 영혼이 마지막 남은 기력을 다
빼앗기기 전에, 뭔가 내 나름의 진실을 밝히기 위한 시작을 해야 할
것 같다는 생각이 든다. 어딘가에서 누가 알지도 못하는 사람들이 가
십거리 삼아 퍼나르는 가짜뉴스가 나의 삶을 녹여버렸고 나는 남은
것 하나 없이 망가졌다.

오른팔은 극상근 파열로 세 번째 수술을 해야 했고, 기운이 없이
목욕탕에서 넘어지는 바람에 철책에 부딪혀 이마 중간이 찢어졌다.
피가 흥건히 흘러 수건 여러 장을 적셨는데도 교도소에서는 절차를

따지느라 늦게야 병원으로 데려갔다. 뼈까지 들여다보일 정도로 찢어져 결국 30바늘을 꿰맸다.

지금 밖에서는 법무부장관 후보 조국의 끝없는 거짓말, 딸과 관련한 불법적인 것들이 계속 나오고 있다. 그런데 '아니다, 모른다'로 일관하는 그들의 힘은 과연 어디서 나오는지 부럽기까지 하다. 이건 국정농단을 넘어 국정장악이다. 그 놀라움에 내가 정신이 번쩍 들었다. 나는 왜 그렇게 버티질 못하고, 왜 딸이 그렇게 당하고 쇠고랑까지 차면서 덴마크 현지 한국대사관 직원의 협박 공갈에도 침묵하고 있었는지 가슴이 터질 것 같다. 사위는 칼에 맞아 죽을 뻔했는데도 왜 침묵을 하고 있었는지, 나 자신이 원망스럽다.

조국은 기자들이 집 앞에 있어 딸이 무서워한다면서 눈물을 흘렸다. 그 부성애는 오로지 자기 딸에게만 해당되는 것일 뿐 다른 집 딸은 안중에도 없었다. 기가 막히게도 조국이 딸 걱정에 눈물 흘릴 때 우리 딸은 경찰을 동원한 세무서의 압수수색을 받았다.

나는 이제 어처구니없는 가짜 뉴스를 만들어 나의 가족을, 특히 우리 딸 유라를 멸망시킨 이들에게 하나하나 되갚아 주기 위해 분발할 것이다. 형사, 민사 모든 것을 동원해 허구에 쌓인 쓰레기더미 같은 산을 하나씩 정리해 나갈 것이다.

일주일에 4번씩 재판을 받는데, 저녁 늦게까지 연장되는 경우가 많았다. 몸에 무리가 갔는지 자궁근종이 커졌고 하혈이 심해 또 수술을 해야 했다. 정말 암울하고 희망이 보이질 않는다. 나는 억울하다고 항변하는데 누구도 내 말에 귀 기울이는 사람이 없다. 박 대통령과 짜고 공익재단을 세우고 기업들을 강요하여 뇌물을 받았다고 하는데 재판 과정에서 무엇 하나 제대로 밝혀지지 않았다. 그런데도 그들은 이미 거짓임이 확인된 녹음파일 같은 것을 다시 내밀며 나를 괴롭히고 있다.

이 거짓 증거들 때문에 나는 모든 것을 빼앗기고 말았다. 30년 정들었던 유치원 건물(미승빌딩)과 모든 남은 재산들을 압류하고 수없이 압수수색을 했다. 대한민국 민주주의 국가에서 제대로 된 증거도 없이 계획적이고 교활한 공작으로 전직 대통령과 나를 구속하다니….

재산을 다 빼앗고 모든 걸 압수해 나를 죽으라고 하는 것인지 모르지만 언젠가 진실을 밝힐 수 있는 날이 오면 나는 재심을 요청할 것이다. 나는 어느 기업에서도 돈 한푼 받은 사실이 없어, 당당하기 때문이다. 지금 70년 전의 일도 밝히는 세상인데 내게도 그런 날이 반드시 오리라 믿는다. 내가 죽기 전에 나를 이렇게 어둠의 구렁텅이로 밀어 넣은 이들의 악행이 밝혀지는 날, 나는 모든 걸 돌려받을 것이다. 다시는 정치적 계략과 조작된 여론에 의해 나같이 억울한 사람이 생기는 일이 없길 바라면서 이 글을 마친다.

오랜 시간 함께 소송을 지켜내 주신 이경재 변호사님과 최광휴, 권영광 변호사님은 진정한 자유의 수호자들이라 생각한다. 처음에 독방에 구속될 때 CCTV 감시 하에 접견이나 서신이 금지되어 있어 그 누구를 만날 수도 말할 수도 없는 상황이었다. 그때 이경재 변호사님이 그 사건을 맡아 주시지 않았다면 아마도 나는 홀로 사막에 서서 싸워야 했을 것이다. 진심으로 감사의 마음 전해드린다.

딸이 너무 그립고 보고 싶다. 우리 어린 손자의 재롱도 보고 싶다. 혹 다음 생이 있다면 그때는 오롯이 나의 삶을 살고 싶다.

나의 옥중 일기

오늘은 항소심 첫 번째 준비 기일이다.

1심 재판은 일주일에 4번씩 하다 보니 정신이 혼미하고 기력이 고갈된 것 같다. 1심 재판 결과를 보면 항소심에서도 결말이 어떻게 날지 그리 기대할 만한 것도 없다. 하지만 대한민국의 정치사에서 어떻게 기록될지, 그래도 진실을 밝히려면 최선은 다해야 한다고 생각하면서 재판에 임하려 한다.

그런데 오는 6일에 있을 박 대통령 1심 선고를 재판부에서 생중계하겠다고 결정했다는 것이다. 피고인도 나오지 않는 박 대통령 재판을 생중계를 하겠다는 것은 박 대통령을 망신주려는 속셈이다. K 재판장의 얼굴이 떠올랐다. 나중에 역사에 큰 오점을 남기려고 그러는지, 무슨 생각으로 그런 판단을 내렸는지 모르겠다.

현 정부 들어 등장한 재판 생중계, 더구나 전직 대통령을 전 세계에 망신을 줘서 무너뜨리겠다는 것인데 누워서 침 뱉기란 생각이 든다. 대한민국이 추락하고 있음을 스스로 보여주는 것이다.

* 2018년 4월 20일, 무더위

날이 더워지고 있다. 점점 견디기가 힘들다. 항소심까지 더 버틸 수 있을까. 선풍기 한 대에 더위를 맡겨야 하는데, 선풍기 바람에서조차 열기가 나기 시작한다.

외로움과 그리움이 밀려온다. 혼자 조그만 방에 갇혀 있는 나의 삶이, 생각지도 못한 나의 마지막 생의 뒤안길에서 이런 최악의 최후를 맞이하게 되다니, 모두 내 탓이다. 허무한 인생….

재판에 나가 아무리 항변을 해도, 여론 때문에 재판이나 재판장도 두려움이 있어 그냥 밀려가는 것 같다. 검찰은 나와 관계없는 사건까지 나와 연관 지으려 하고 있다. 박 대통령 시절 발생한 모든 사건을 나와 연관시키려 검찰과 특검이 미쳐가고 있었다. 각종 언론에서 나온 보도나 지라시 내용까지 공소장에 붙여 재판에 제출하고 있다.

박 대통령과 나를 엮기 위해 혈안이 되어서 움직이고 있다. 내가 왜 대통령 곁을 떠나지 않고 머물러서 이런 비극을 당해야 하는지.

* 2018년 4월 29일, 주 4회 재판

1심에서 주 4회씩 재판을 저녁까지 강행하다 보니 자궁에 근종이 생겨 출혈이 심하고 허리가 끊어질 것 같은 고통이 계속된다. 수술을 해야 한다고 했다. 옆에 가족들도 없고 아무런 아는 이도 없는 이곳에서 교도관들의 감시 속에 수술을 해야 한다는 생각에 잠이 오지 않는다.

5월 10일에 입원해서 14일까지 있어야 할 것 같은데 제대로 회복이나 할 수 있을까 두려움이 앞선다. 수술을 앞두고 요즘은 잠을 잘 못자고 악몽을 자주 꾼다. 계속 누군가 나를 잡으려 하고 나는 밤마다 도망치고, 식은땀이 축축하게 배어온다.

* 2018년 5월 11일, 수술실

수술실로 들어가는데 서럽고 두렵고 여러 가지 마음이 교차해 벌떡 일어나 박차고 나와 버리고 싶었다. 가족도, 그 누구도 볼 수 없는 상태에서 수술을 받아야 하는 그 자체가 괴로웠다.

감기로 고생하던 터라 추운 수술실에 누워있자니 온몸이 쑤시고 허리를 제대로 움직일 수도 없었다. 그 순간 정신도, 몸도 하나님 곁으로 가고 있는 것 같았다. 내가 죄를 많이 지었나 보다. 이생에서 마지막 남은 삶과 그동안의 삶들이 고통의 연속인 걸 보니.

* 2018년 5월 25일, 고영태를 만나다

수술 후 첫 재판에 나갔다.

그날 재판정으로 가는 엘리베이터에서 고영태를 만났다. 그날 선고가 있었나 보다. 지겨운 악연이다. 본인이 돈을 먹은 건 생각 안하고 지인을 코너에 몰아넣고 쫓아내고, 나를 끌어들이려다 결국 자기 발등을 찍은 것이다.

'국정농단의 중심에 있어서 보복을 당했다'고 주장했다는데 정말 간신배의 배신이 자기 발등을 스스로 찔러 죄를 받은 것이다. 그럴

줄 몰랐나 보다. 그럼 지인을 소개한 걸 입이나 다물고 있지, 그들의 인생까지 다 망쳐놓고 주변을 다 죽인 것이 무슨 정의란 말인가.

본인이 배신을 하고 이익이 있는 쪽으로 붙은 것이다. 의리라는 건 당초에 없었던 인간이다. 언제 어디서든 가까이 지내는 누구에게든 필요하면 비수를 꽂을 인간인 것이다. 배신은 한 번 하기가 어렵지 한 번 하고 나면 또 다른 배신이 이어지게 마련이다.

1년이란 형량이 말이 되는가!

대한민국을 뒤집어놓고 대통령에게 오명을 씌운 자에게 다른 죄는 묻지 않고 알선수재죄만 묻다니… 사법부나 검찰 할 것 없이 권력의 눈치를 보고 있다. 나라가 어찌되려고 그러는지.

내 자신이 원망스럽다. 그런 인간을 알게 된 것도, 나를 불구덩이에 던져 넣을 작당을 하는지도 모르고 당한 것도.

그 어느 때보다 살아있음이 괴로운 하루였다.

* 2018년 5월 29일, 수혈 받은 날

내일이 재판인데 저녁에 갑자기 구토와 어지럼증, 출혈이 거듭되더니 6시가 되어 약을 먹어도 그치질 않았다. 급한 나머지 인터폰을 눌러 사동 담당 주임을 찾아 못 견디겠다고, 의료과에 데려다 달라고 했다.

의료과에 갔는데도 숨이 가빠지고 공황장애와 출혈로 인한 어지럼증이 계속되어 견디기 힘든 상황이 이어졌다. 그런데도 구치소에서는 병원에 가려 하진 않고 원칙만 따지고 있었다. 야간에 병원에 가기 위해 나가는 건 안 된다는 것이었다.

계속된 출혈에 결국 강동성심병원 응급실에 갔는데, 응급실에서도 혈압이 하강하고 호흡이 힘들어지는 과호흡 상태가 왔다. 그렇게 나는 죽는 줄 알았다.

결국 그 다음날 재판에도 나가지 못하고 평생 처음으로 수혈을 4팩이나 하고서야 혼수상태에서 좀 벗어나는가 싶었다.

그렇게 구치소에서부터 병원까지의 긴 여로는 6월 4일 퇴원할 때까지 힘들게 계속되었다.

병원에서 꼼짝할 수 없게 발목에는 전자발찌를 채우고 손과 발에도 긴 수갑을 채워서 화장실 가는 시간 외엔 하루 종일 침대에 묶여 있으니 소화도 안 되고 더 힘들고 괴로웠다.

＊ 2018년 6월 15일, 항소심 결심공판

항소심 결심 공판 날이다.

아침부터 시작하여 저녁 7시경 끝난 결심 공판은 수술 후 처음 재판정에 나간 것이라 힘이 많이 들었다. 조사를 담당했던 P 검사는 재판에 한동안 나오지 않더니 그날 나와서 1심과 같은 형량을 구형했다. 국민들에게 사죄를 한 번도 하지 않았고 다시는 이런 국정농단이 일어나지 않아야 하므로 엄단해야 한다며 검찰과 특검의 입장을 읽어내려 갔다.

그 검사가 어찌 그런 말을 할 수 있는지 묻고 싶었다. 나에게 박 대통령과 연관 관계 진술을 강요하고 회유했던 사람이다.

JTBC와 가짜 태블릿PC를 조작한 사람들, 대통령 측근이라고 떠들어대며 기자들에게 이야기하고 다닌 인간들, 그들로 인해 촉발된 국정농단 사건이다. 이런 조작극은 여기서 끝나야 한다. 이걸 밝히지 못하면 또 다른 국정농단 사건은 계속 생겨날 것이다.

내가 몇 십 년 옥살이를 해야 하는 이유가 무엇인지 묻고 싶다. 권력의 눈치나 보고 분통 터진 내 항변의 소리에는 귀를 닫은 재판이다. 어떻게 25년을 구형한단 말인가! 살인범도 그렇게 높은 형량을 받기 어려운데 말이다.

진실에는 눈을 감고 자기들 안에서 정해진 틀에 맞춰 국정농단을 만들어 낸 악질적인 검찰과 그의 추종 세력들은 천벌을 받을 것이다.

P 검사는 특검에 파견된 이후 출세를 한 것 같다. 그와 S 검사는 검찰에서 수사 받을 당시 밤낮을 지새우며 '제발 박 대통령과 연결된 것을 하나라도 인정하라'고 하면서 나에게 온갖 협박과 회유, 심지어는 사정을 하던 사람들이었다. 그게 안 먹히자 장시호와 언니 부부를 갑자기 데리고 왔다. 언니 가족들은 나에게 장시호를 위해 다 뒤집어쓰고 가라며 설득을 하고 두 내외가 나한테 무릎까지 꿇었다. 그들은 자기 자식만 중요하고 덴마크에 가 있는 조카 유라와 어린 유주는 보이지 않는 것인가. 자매보다 자기 자식이 더 중요하다는 것을 노린

검찰도 못됐다는 생각이 들었다.

이런 국정농단, 앞으로 대통령 옆에 있는 누가 이런 모함을 할지 모르는 일이다. 그거야말로 진짜 모를 일이다. 이런 일이 다시 일어나지 말아야 한다고 진정 생각한다면, JTBC의 태블릿PC 진실과 고발자들도 수사했어야 한다. 그들의 배신과 자기들만 살기 위해 다음 정권을 향한 아부로 행해진 몸부림의 정체와 배후를 밝혀냈어야만 이 사건은 진실에 다가설 수 있었을 것이다. 그들은 놔둔 채 나에게 모든 걸 뒤집어씌우면 그것이 끝나는가 말이다.

나는 대한민국과 나를 음해하는 모든 이들과 힘겨운 싸움을 하고 있는 것이다. 태극기의 소리 없는 외침이 괜히 길거리에 울려 퍼지고, 그들의 함성이 우연히 나오는 것이 아닐 것이다. 그들도 이것이 거짓으로 꾸민 것이란 걸 알고 있을 것이다.

검찰이 나에게 25년 구형을 하고 수백억 원의 벌금과 추징금을 때려도 검찰이 만들어낸 충성심과 애절함이 오히려 불쌍해 보이는 것은, 왠지 대한민국의 미래가 어둡게 보이기 때문이 아닐까 싶다. 언젠가 진실은 밝혀질 것이고 그들은 벌을 받게 될 것이다.

오늘도 거의 파죽음이 되어 돌아왔다.

그러나 이제 1년 7개월 끌어온 1심 재판이 겨우 끝난 것이다. 하루하루 나를 괴롭히던 나날들이 어떤 선고를 내릴지. 푹 자고, 쉬고 싶다. 그동안 너무 힘들었던 내 마음과 내 육체에 미안하다. 수고했다고 말해주고 싶다.

* 2018년 6월 26일, 무엇을 위해 사나?

나는 무엇을 위해 밥을 먹고 이렇게 악착같이 살아가고 있는가?

무엇 때문에 이 좁은 방에서 아무런 의식도, 생각도, 희망도 없이 뭘 기다리며 이러고 있는 걸까? 미래가 더 이상 보이지 않는다.

편지가 여러 통 와서 읽었다. 많은 사람들이 처음엔 많이 욕하고 오해를 했는데 억울한 부분을 알아가고 있다고, 뒤늦게 하나 둘 진실을 알아가는 것 같다고 한다.

그러나 그 사이 나는 병들고 삶의 가치도 잃었다. 진실이 아닌 의혹들을 믿고 진실을 외면하는 언론과 왜곡된 기사가 넘치는 지긋지긋한 이 사회에 점점 염증을 느껴가고 있다.

어떻게 있지도 않은 뇌물죄로 나를 엮을 수 있단 말인가.

박 대통령과 나를 경제공동체로 엮어 서로 한집 살림을 한 걸로 엮어나갔다. 요즘은 부부도 각자의 돈을 관리하는 사람들이 많은데 어디서 그런 기발한 발상이 나왔는지 모르겠다.

또다시 나의 해외 자금을 찾는다고 특수 부장검사였던 L 검사가 팀장이 되었다고 한다. 그들이 모여 다시 그룹을 짜고 모의를 하려는가 보다. 그동안 1년 7개월 동안 다른 팀은 헛발질만 했다는 걸 스스로 보여주는 단면이다. 없는 걸 있다고 단정하고 찾으니 처음부터 찾을 수가 없는 게임이었다.

너무 지겹다. 매일 같이 구속이다, 적폐다, 과연 그들은 털어도 먼지가 나지 않는 백로들일까? 스스로의 패를 너무 많이 보여줘서 그들 스스로가 백로가 아님을 인식시켜 주고 있다. 까마귀가 흰 털을 쓰고 아무리 백로 행세를 해본들 백로라고 믿을 사람이 있을까. 위장술은 날로 좋아지고 있겠지만 참으로 하늘이 무섭지 않은가 보다.

외국에 있는 비덱의 모든 재산을 몰수하겠다고 검찰이 재판부에 신청했는데 기각이 되었다. 무슨 자격으로 검찰이 그걸 몰수하고 빼앗아 갈 수 있는지, 생각할수록 그들의 작태가 놀랍다.

뭐든지 압수 수색하고 전 재산 몰수하고, 그런 일들이 그들이 부르짖는 적폐다. 내 생각엔 그들이야말로 충성을 빙자하여 아부하는 적폐들이다.

* 2018년 7월 7일, 손자와 딸을 만나는 날

내가 유일하게 기다리는 시간은 손자와 딸이 오는 시간이다. 고작 10분밖에 만날 수 없지만 얼마나 소중하고 아름다운 시간인지….

참 세상은 모르는 일이다. 이렇게 어려운 고통 속에서도 손주가 있어 나에게 마음을 여는 기회의 시간을 줄지는 생각지도 못했던 일이다. 딸도 모든 걸 잃고 덴마크 감옥에서 마약쟁이들과 섞여 있는 동안 고생을 해서 그런지 얼굴이 말이 아니었다.

철창을 사이에 두고 보는 딸과 손자가 불쌍하다. 손주가 더 크면 오지 말라고 해야겠다는 생각이 든다. 어린 시절 할머니에 대한 기억이 너무 큰 상처로 남지 않을까 걱정된다. 덴마크에서, 독일에서 숱한 나날들을 매일 이리저리 피해 다녔던 손자가 또 상처받는 일이 없길 바란다.

이렇게 잔인한 세월에 하나님은 나를 왜 살려 두실까. 너무 괴로운 나날들이다. 딸과 손자에게도 미안하고 안쓰러운 마음이다. 철창 밖에서 엄마를 바라보는 딸과 손자의 모습에 가슴이 저며 온다.

* 2018년 7월 11일, 예배 시간

하나님을 만난 날이었다.

예배를 함께 해주신 분들의 절절함이 몸에서 배어나오는 것 같다. 눈물은 또 왜 그렇게 흐르는지.

설움이 북받쳐 하나님께 나의 기도를 들어주십사 애원도 해보았다. 하나님은 나의 이 억울함을 듣고 계실까, 알고 계실까? 찬송을 하니 가슴이 뻥 뚫린 기분이 든다.

때로는 가끔 하나님이 무심하시다는 생각도 해 본다. 왜 나를 이토록 괴롭히고 모함하는 자들을 그냥 두시는지.

이사야 42장에 있는 '나 여호와가 의로 너를 불러 내가 네 손을 잡아 너를 보호하며'라는 말씀이 가슴에 찡하게 다가온다.

슬프고 애통한 하루다.

'두려워하지 말라. 내가 너를 도우리라'

부디 그래 주시길.

* 2018년 7월 12일, 버려진 나

무더위에 지쳐 방에 홀로 앉아 있는 자체가 고통이다.

이 고통을 언제까지 지고 가야 하는가. 억울한 생각이 엄습해 온다. 못 견디겠다. 갑자기 가슴 저 밑에서 뭔가 치솟아 올라와 가라앉질 않는다.

왜! 무엇 때문에?

무엇 때문에 나는 이런 고통을 감내하고 버텨야 한다는 말인가! 거의 2년 가까운 기간 동안 나는 사회에서 버려진 채 혼자이다.

늘 혼자 먹고, 운동도 혼자 하고, 혼자 말하고, 나 홀로 이 사막 같은 세상에 버려져 있다. 나는 누구와 말을 해도, 눈을 마주쳐도 안 되는 관심 대상자다. 이곳 사람들도 사람이고 사람들이 사는 곳인데, 현실은 사람이 사는 곳이 아니다.

* 2018년 7월 21일, 박 대통령 선고

박 대통령 선고가 있었다. 국정원 특활비, 국정농단 등 합해서 징역 32년이란다. 박 대통령 연세가 몇인데, 사형이나 다름없는 형량이다. 잔인한 검찰과 특검. 나중에 진실이 밝혀져 국민의 심판과 엄청난 후폭풍을 맞아 멸망할 것이다.

공산 정권의 숙청도 아니고, 박 대통령이 하지도 않은 일, 먹지도 않은 돈을 혐의로 씌워 죄를 주다니 도대체 민주주의 대한민국에서 이런 일을 조작해서 만들어 낼 수 있는 자가 누군지 묻고 싶다.

이 나라가 언제부터 이랬는지 모르겠다. 예전엔 적어도 불법을 저지른 사실에 기초하여 전직 대통령들이 형을 받기도 했지만 박 대통령은 사실과 전혀 다른 죄를 뒤집어씌우고 있다. 공산 체제에서 숙청을 단행할 때 쓰는 수법이다.

여기가 자유 대한민국인지 혼란스럽다. 박 대통령을 계속 죽이고 또 죽이고 그 주변을 적폐로 몰아가고 있다.

특활비, 공천 개입으로 징역 각각 6년, 2년에 추징금 33억 원.

과거 다른 정권들과 현 정권은 그런 걸 하지 않았을까? 또 그 다음엔 무슨 캐비닛 문건으로 죄를 씌울 것인가. 경제가 나빠지고 국민들이 힘들어지면 캐비닛 문건 같은 것을 꼭 하나씩 들고 나온다. 그런 걸로 당해 정권의 과오를 덮으려는 언론 플레이다.

오랫동안 지켜본 박 대통령은 절대 불법자금을 받거나 쓸 분이 아니고 정도에 어긋나는 일을 할 분도 아니다. 우리나라 역대 대통령 중에 아마도 그분 같이 깨끗한 분은 과거에도 없었고 앞으로도 나오지 않을 것이라 난 믿는다.

그럼에도 그들이 혐의를 계속 씌우는 것은 자신들이 불안하기 때문이다. 사람이 죄를 지으면 쓸데없는 핑계를 해대듯이.

아무 잘못도 뇌물도 받지 않은 분께 징역 32년에 추징금이라니⋯ 국민들이 거리에 나오고 탄원서를 올리는 이유를 그들만 모르는가 보다. 그들만의 세계에 갇혀 그들의 정치를, 그들을 위한 정치만을 하고 있다. 얼마나 오랫동안 정권을 잡으려 하는 것인가. 이럴 때는 국민들이 이런 선동정치와 언론, 방송을 믿지 말고 후세들을 위해 모든 것을 다시 한 번 깊이 들여다 볼 수 있어야 한다.

* 2018년 7월 22일, 회고록을 준비하며···

이렇게 더운 여름은 처음인 것 같다.

작고 밀폐된 방이라서 그런지 선풍기에서도 뜨겁고 끈적한 바람만 불어온다. 허리 통증과 팔 통증 때문에 습한 더위가 더욱 견디기 힘들다. 너무 답답하고 힘이 들어 가슴이 터져버릴 것 같다. 공황장애 약을 먹고 간신히 마음을 추슬렀다. 정말 긴 하루였고 긴 시간이었다.

아파도 말할 사람도, 위로해 줄 사람도 없다. 이 방안에, 이 구치소 안에 오로지 나 혼자뿐이다. 외롭고 힘들다. 너무 허리가 아프고 고통이 심해서 손에 잡히는 대로 물건을 잡아 눌렀더니 통증이 좀 가라앉는 것 같다. 빈 통을 바닥에 놓고 아픈 부위를 갖다 대고 굴리면서 왔다 갔다 했더니 조금 진정이 되는 듯했다.

팔이 더 아프기 전에 회고록을 빨리 써야겠다는 생각이 든다. 갈수록 남는 건 외로움과 통증뿐이니 말이다. 지금은 약으로 버티고 있지만 너무 약을 많이 먹으면 나중에 치매로 이어질 것 같아 걱정이다.

이젠 딸아이에게 마음의 고통이라도 덜어 주고 싶어 건강이 조금이라도 남아있을 때 수고를 끼치지 않고 눈을 감고 싶은 게 소원이다.

* 2018년 7월 25일, 유라와의 만남

너무 더워서 우리나라에 이런 더위도 있었나 하는 생각을 해본다. 하늘에서 한반도를 왜 이렇게 지글지글 끓게 하는지… 국민들 마음이나 내 마음처럼 끓어오르는 것 같다.

허리가, 다리가 끊어질 듯 아프다. MRI를 찍고 왔는데 아무런 소식이 없다. 이 더위에 통증까지 심하니 살기가 싫을 정도로 힘이 든다.

참 산다는 게 뭔지, 이런 고통, 모욕감 다 받아가면서 견디는 이유가 뭘까? 내일이 오는 게 두렵다. 그냥 오늘 모든 게 끝났으면 좋겠다.

유라가 왔었다. 옆에서 지켜줄 부모가 없으니 허전하고 외로운가 보다. 얼굴에 그늘이 한가득이었다. 불쌍하고 안됐다. 상처뿐인 인생을 앞으로 어떻게 살아갈지 걱정이다.

딸의 얼굴을 본 날이면 마음의 고통과 가슴 저림이 하루 종일 이어져 간다. 허위 정보를 흘려 어린 아이를 괴롭혀서 자기 이름을 세상에 알리려는 의원, 그의 마음엔 국민이라는 게 있을까?

철없는 손자 놈은 장난을 치느라 정신이 없다. 딸아이가 손자에게 할머니한테 사랑한다고 얘기하라고 재촉한다. 본인이 표현하지 못하는 것을 어린 손자가 해주면 내가 좀 덜 힘들까 생각하나 보다.

정말 덥다. 이런 더위는 태어나서 처음인 거 같다.

* 2018년 8월 24일, 선고 날

오늘은 선고 날이다.

별로 기대도 안했지만 결과는 역시 최악이었다. 항소심에서는 영재센터 관련 뇌물죄가 추가되었다. 형량은 그대로이지만 1심보다 유죄의 판단을 더한 것이다. 왜 2심을 해야 했을까 모르겠다.

재판부가 서로 다른 결론을 내다니 기가 막힌 재판이다. 어디가 맞는지, 어느 재판부가 바르게 보고 있는지 모를 일이다. 우스운 얘기다. 나는 당당히, 그러려니 받아들이기로 했다. 재판장의 얼굴에 진실이 안 보이기 때문에, 처음부터 신뢰라는 건 없었다. 그들이 주변의 압박을 이기고 소신 있는 판단을 할 거라고 믿지 않았기에.

나름대로 최선을 다했지만 참담하고 기가 막힌 하루였다.

* 2018년 8월 28일, 장시호와 마주친 날

장시호를 동부구치소에서 마주쳤다.

생각지도 못했다. 보는 순간 철썩 주저앉았다. 서울구치소 상소심은 이곳에서 하게 되어 있어서 왔다고 한다.

그 아이를 보는 순간 머리끝에서 발끝까지 전기가 통하는 것 같았다. 법정에서, 검찰에서, 특검에서 자기 살겠다고 이모인 나를 밟아버린 아이.

용서할 수가 없었다. 그런 애를 여기서 또 만나다니, 왜 이렇게 나한테는 모든 게 잔인하게 다가오는 것일까? 견디기가 힘들다. 아니 견딜 수가 없을 것 같다. 꾹꾹 누르며 참았던 비통함과 애통함이 올라와 순간적으로 폭발하기 직전이었다. 나를 간신히 억누른 것은 딸 유라와 손자의 얼굴이 그 순간 떠올랐기 때문이다.

나는 뒤돌아서서 보지 않았다.

신이 나에게는 왜 이렇게 모든 순간 인간으로서 견디기 힘든 과제만 던져 주시는 것인지….

유라와 손자가 오후에 왔다.

애써 힘든 마음을 억누르고, 손자의 밝은 모습을 눈에 담은 채 또 하루를 보냈다. 우리 딸도 그저 눈에 눈물이 그렁하니 고여 있는 게 억지로 눈물을 참고 있는 것이 눈에 보인다. 엄마와 가족이 없는 설움이 얼마나 클 것인가!

가슴이 메어진다. 어찌할 줄을 모르겠다. 고통을 준 딸에게 앞으로 무엇을 어찌 해줘야 할지, 어떻게 살아나가야 할지….

* 2018년 8월 30일, 아시안게임

아시안 게임이 끝났다.

내 관심은 온통 승마에 가 있었다. 왜냐하면 유라보다 한 살 위인 김선수라는 아이가 우리 딸 때문에 지난 번 국가대표 선수로 못나갔다고 그 아버지와 그 주변에서 언론에다 퍼뜨렸기 때문이다. 안민석 의원까지 나서서 온 나라를 흔들었다. 안민석 의원은 의정 활동보다 우리 가족을 멸망시키기 위해 의원직을 유지하는 것 같다.

우리 딸이 아시안게임을 그렇게 오래 준비했는데 그들 때문에 모든 게 망가지고 인생이 바닥까지 간 것이다. 정당하게 쟁취한 국가대표 선수 자격까지 조작되었다고 말하는 그 의원의 무책임함이 거의 파파라치 수준이다.

그런데 그 아이가 6연패 단체전의 마장 마술에서 금메달을 따지 못한 것이다. 그렇게 실력이 좋다고 난리치던 아이가, 우리 딸 때문에 대표 선수가 못되었다는 애가 왜 단체전이고 개인전에서 금메달을 획득하지 못했을까!

헛웃음이 나온다.

실력은 입으로 하는 것이 아니라 성적으로 말해주는 것이다. 유라는 지난번 단체전에서 금메달을 딸 수 있는 주역 역할을 했다. 세 사람 점수를 합산해서 메달을 주는 단체전은 한 사람이라도 그 점수를 유지하지 못하고 평균 이하가 되면 메달을 딸 수 없게 되는 것이다. 유라는 지난 번 경기에서 지고 있던 일본에게 역전을 하고 3등이라는 점수를 받아 당당히 팀의 일원으로서 금메달을 팀에 안겨주었다.

그냥 모양 갖추기로 나간다는 비아냥 속에서 당당히 선배들을 제치고 3등을 해서 점수를 획득하여 금메달을 목에 걸었던 아이의 실력을 지금이라도 알아주고 이해해 줄 수 있을까?

* 2018년 9월 13일, 태블릿PC

조선일보 광고에 변희재 미디어워치 대표가 태블릿PC 의혹에 대해 반론문을 제기했다.

"최순실 업무용 태블릿PC라면서 왜 김한수 딸 사진이 있나?"

그야말로 태블릿PC 사건으로 변희재 씨를 명예훼손으로 구속한 건 코미디다. 그럴 것이라면 당연히 손석희 씨도 고발되었으니 구속되어야만 한다.

무엇이 무서워서 판사는 JTBC가 제공한 태블릿PC에 대해 감정도 하지 않고, 김한수의 출입국 기록과 통신사 위치 자료에 대한 사실 조회 신청조차 받지 않는 것인가. 구린 데가 많긴 엄청 많은가 보다. 그렇지 않다면 이렇게 나라를 흔들어 놓은 태블릿PC 건을 은폐하고 묻어갈 순 없지 않은 것인가.

참으로 웃긴 이야기다. 우리 재판에서도 물론 보여주지도 않았고 감정을 줄기차게 요구했지만 1년 이상 보류하다가 채택하였다.

누군가 조작하고 내 동선을 미리 따라다닌 것이 틀림없음을 그들이 스스로 밝히고 있지 않은가.

누군가 국민들의 눈을 속이고 사건을 밝힐 수 없으리라고 보는 것인가 보다. 그러나 언젠가는 밝혀질 것이다. 처음부터 내 것이 아니었고 JTBC의 보도는 조작이라는 것이.

그들 뒤의 숨은 세력들은 누구일까 궁금해진다. 적어도 그런 조작된 보도를 내려면 윗선의 지시와 협조가 있어야 가능하고 법적인 책임까지 져야 하는 것이기에 더욱 숨은 세력들이 궁금하다.

손바닥으로 하늘을 아무리 가리려 해도 가려지지 않는다. 어둠이 이 세상의 빛을 이길 수 없기 때문이다.

* 2018년 9월 23일, 그리움

추석 연휴가 시작되었다.

어제는 딸과 손자가 다녀갔다. 손자가 한복을 입고 왔는데 너무 귀여워 안아주고 싶었는데 참 어쩔 수 없는 상황에 매여 있는 나, 어찌할 수가 없다. 다들 똑같은 심정으로 이곳에 있겠지만 말이다.

* 2019년 9월 25일

하루가 이렇게 길고 더디 갈 줄이야.

연휴 내내 시간이 너무 안 가는 것 같아 심장이 터질 것 같았다. 하나님께 고통스러움을 토해 내도, 가슴속 응어리를 아무리 쏟아내고 울부짖어도 여기선 누구 하나 관심이 없다.

나는 누구일까? 왜 이 세상에 와서 이런 무지막지한 벌을 받고 있는 걸까? 정말 견디기가 힘들다. 내 인생이 어떻게 흘러갈는지….

인생의 낭떠러지 끝에 앉아서 여기저기 아프기까지 하니 무섭고 두렵다. 이 세상에 내가 존재하는 이유가 뭘까? 왜 매일 똑같은 시간 속에서 꼼짝달싹 못하는 이곳에 갇힌 채 살려고 노력해야 하는 걸까?

이제 겨우 오후 2시. 취침 시간까지는 아직도 멀었다. 원래 TV를 잘 보지 않는 나로서는 남들보다 더 지루한 시간의 벌을 받고 있는 셈이다.

엄마, 아버지가 그립다. 두 분의 사랑이 그립고 엄마가 해주는 따뜻한 밥이 먹고 싶다. 엄마는 유난히 음식 솜씨가 좋았다. 엄마가 해주는 밥을 먹을 땐 늘 즐겁고 행복했던 기억이 난다. 세상에 두 분이 안 계시니 이제 나를 그렇게 살갑게 챙겨주고 보듬어 주는 사람이 없다는 것이 마냥 서럽게 느껴진다.

내 삶의 기억 속에 가장 강하게 자리 잡고 있는 부모님의 생전 모습이 눈에 선해 눈물이 솟구친다. 산소에도 못 가본 불효자식이 이렇게 사무치게 두 분을 그리워해도 되는 걸까?

나를 항상 걱정해 주시던 아버지, 늘 나를 신뢰하고 믿어주셨던 아버지와 어머니, 살아생전에 이런 내 모습을 보셨다면 얼마나 가슴이 아프셨을까 생각하니 우울하고 참담해지는 마음이다.

오늘 따라 더 그립고, 보고 싶다.

* 2019년 9월 26일, 추석 연휴 마지막 날

추석 연휴 마지막 날이다.

바람 쐬기 시간이라고 해서 20분씩 걷기를 했는데, 방에 오래 갇혀 있다 보니 다리가 휘청거렸다. 여긴 땅이란 게 없다. 온통 시멘트와 창살뿐이라 밖이나 방이나 그 느낌은 똑같다. 그래도 조금 더 넓은 곳에 나와 서있으니 숨이 쉬어진다.

며칠 동안 공황장애로 심한 고통을 겪었다. 가슴이 답답하고 우울해지는 것이 이러다 마음에 중병이 들어 나의 몸이 어디까지 망가질지 걱정이 된다. 아침에 약을 먹었는지 뭘 했는지 돌아서면 금방 잊어버린다.

딸에게 나이 먹어 부담주기도 싫고 여기서 치매에 걸려 병원에서 살기도 싫다. 내 자신이 자꾸 초라해지는 날들이다. 자유의 몸이었을 때는 바쁘게 지내다가도 긴 연휴에 쉴 수 있고 가족들을 볼 수 있어 좋았는데 말이다. 여긴 휴일이나 긴 연휴면 아무것도 할 수 없으니 더 답답하기만 하다.

눈이 침침해져서 벌써 잘 보이질 않고 시력이 점점 떨어지는 것을 느낀다. 육체의 노화는 세월뿐 아니라 생활환경 때문에도 영향을 받는가 보다.

여긴 사방이 콘크리트 벽과 지문인식으로나 열릴 수 있는 철문으로 둘러싸여 있다. 법정이나 면회를 갈 때면 자그마치 4개의 철문을 통과해 가는 것 같다. 엘리베이터도 지문인식을 하지 않으면 내려갈 수가 없다.

서울구치소, 남부구치소 등 다른 수용소에는 지문 장치도 없고 흙을 밟을 수도 있었다. 그래서인지 이곳은 갇혀 있다는 느낌이 더 많이 와 닿는다. 갇혀 있다는 것이 얼마나 힘들고 두려운 것인지 밖에서 자유를 누리고 있을 때는 상상도 할 수 없었다.

* 2018년 9월 28일, 대법원 상고

대법원 상고이유서가 도착했다. 이제 대법원의 마지막 판결만 남겨져 있다. 특검과 검찰의 상고이유서는 기가 막혀 읽을 수가 없을 지경이었다. 억지로 짜맞춘 기획되고 날조된 상고이유서에 누구 하나 토를 달지 못하고 있다.

대법원 싸움은 또 얼마나 지겹게 이어갈지, 한숨만 나온다.

대법원은 3부에 배당이 되었다. 재판은 거의 정해진 수순대로 가는 것이라 지금까지와 다른 예상 밖의 결과가 나오리라 생각하는 건 어리석은지도 모른다. 대법원이 전원합의체로 넘길지, 담당 부서에서 자기들만의 재판을 할지, 서류만 빨리 내라고 재촉하는 모양이다. 무슨 생각인지 모르겠다.

* 2018년 10월 2일, 구속갱신

대법원의 구속갱신 결정이 나에게 전달이 되었다.

벌써 수없이 받은 재구속, 수감 이유. 수감을 계속할 이유가 있으므로 형사소송법에 의거 갱신한다는 것이다. 갱신일은 10월 5일부터다.

대법관은 김선수, 조희대, 김재형, 민유숙, 재판장은 김선수 대법관이다. 도대체 몇 번이나 재구속을 시키는 건지 셀 수도 없다. 재판만 벌써 2년이 넘게 받고 있다. 이제 이런 구속장 정도는 눈도 가질 않는다. 앞으로 얼마나 더 보낼지….

특검은 주로 삼성 뇌물을 가지고 다투고 있다.

나와 박 대통령의 경제공동체를 만들고자 삼성 이재용 회장과 박 대통령 단독 회담에서 묵시적 청탁을 했다고 하는 것이다. 나는 묵시적인지 뭔지, 단독 대담 배경에 대해서 알지도 못하는데 말이다. 그야말로 끼워 맞추기 위한 수사를 하고 있는 것이다. 상고이유서에도 특검은 뇌물로 몰고 가고, 검찰은 직권남용으로 가고 있다.

처음 검찰 조사를 받을 때 검찰에서 하는 말이 직권남용을 자백하는 것이 형량에도 도움이 된다고 했던 것이 생각난다. 그걸 인정한다고 특검에서 직권남용으로만 기소를 했을까? 가당치도 않은 얘기고 그들이 늘 하는 수법이다.

삼성 이재용 회장의 얼굴은 본 적도 없는데, 나를 엮으려고 하니 이재용 회장도 돈을 내고 기가 막혔을 것이다. 세상이 어떻게 돌아가는 건지, 이런 속임수에도 세상이 바뀌니 말이다.

대법원에서 서류로 싸우는 일을 얼마나 잘 해낼 수 있을지 모르지만 그래도 최선을 다해 보는 것이다.

* 2018년 10월 13일, 면담 횟수와 스타 의원

그립고 그립다. 모든 것이… 유라의 어린 시절 손잡고 거닐던 일, 학교 가는 길에 데려다 주던 일, 독일에서의 생활들, 그리고 우리 집, 모든 것이 그립다.

이제 서서히 나의 인생은 저물어 가는 것 같다. 삶이 무엇인지 모르겠다. 내 삶이 왜 이렇게 망가져 버렸는지, 돌이킬 수 없는 길을 왜 이리 오랫동안 걸어왔는지….

신문에서 나의 변호사 접견 횟수가 수감 669일간 553회로 최고 수준이라고 보도했다. 국정감사에서 법무부로부터 제출받은 것이란다. 그렇게 국정감사에서 할 일이 없는지. 재판이 2년여에 걸쳐 이뤄진 것은 언급하지 않으면서 횟수만 세어보았나 보다. 게다가 일주일에 4번을 재판에 참석해야 하는 상황이니 변호사 접견도 많을 수밖에 없지 않은가.

국회의원들이 민생은 살피지 않고 스타 의원이 되려고 무슨 꼬투리라도 잡아 국민을 자극하는 것들만 골라내 들이대기 바쁘다. P 의원은 국세청이 최순실 지인에 대한 통장 조사를 왜 하지 않느냐고 질의 아닌 질의를 했다고 한다. 나의 지인뿐 아니라, 나랑 관련이 없는 대한민국의 통장을 다 조사해 보라고 한소리 해주고 싶었다. 그러나 자유가 없고 죄인이라는 신분 때문에 그렇게 또 숨죽이고 흘러가는 것이다. 할 말도 하지 못한 채 말이다.

스타 의원이 되고 싶은 그들의 머릿속엔 무슨 생각이 들었을까? 생각하기도 싫다. 이젠 그런 가십거리나 들춰내는 스타 의원이 아니라 진정으로 국민을 위한 정치를 하는 스타 의원이 나왔으면 좋겠다.

방이 차다. 춥고 냉하다.

뼈마디가 쑤셔 오고 몸이 더 아파지기 시작한다.

* 2018년 10월 23일, 장소 변경 면회

구치소에는 가족과 면회를 할 때 장소를 변경하여 만날 수 있는 제도가 있다. 그동안 장소 변경을 신청해서 면담한 사람도 많이 있다는데, 나는 2년여 동안 장소 변경 면회 신청을 한 적이 없다. 얼마 전 딸이 장소 변경을 신청했다고 해서 기쁜 마음으로 기다리고 있었는데 딸에게 불허가 문자가 간 모양이다. 그동안 오랜 기간 기다리다 면회 문이 열렸는데, 또 장소 변경에서 막히기 시작했다. 그렇잖아도 멍들대로 멍든 딸아이 가슴은 더욱 시커멓게 타들어 갔을 것이다.

면회 와서 애써 아무렇지도 않은 척 하는 아이의 모습이 더욱 마음을 아프게 한다. 동부구치소에서는 왜 나에게만 유독 안 된다고 하는지 이해를 못하겠다. 누구든 수용자의 입장에서 한번쯤 생각해 주면 어떨까 생각해 본 하루였다.

여기도 사람 간의 감정 개입이 만만치 않다. 복종에 잘 따르지 않고 이유를 다는 수용자를 무척 싫어한다. 들어줄 법한 이유라도 절대 인정하지 않고, 문제아로 만들어 가는 분위기다. 그냥 묵묵히 조용히 있다 갔으면 하는 바람인 것이다. 죄인이기 때문에 자기 의견을 내거나 이야기 하는 걸 인정하지 않는 것이다. 끝없는 자괴감이 든다.

상담 횟수가 이슈가 되자 어디서 지시가 들어왔는지 담당자가 한 달에 한 번만 접견을 허용하겠다고 통보해왔다.

* 2018년 10월 26일, 극상근 파열

오른쪽 팔의 극상근이 파열되면서 그 주변 근육 파열까지 불러와 강동성심병원에서 수술을 했다. 올해 들어 두 번째 수술이다. 내 몸이 살아있다는 느낌조차 없는데 왜 이다지도 자주 고장이 나는지 모르겠다.

아픔이 죽음보다 싫다.

병원에서의 일상도 구치소와 다를 바 없이 감시와 격리 속에서 무척 고달프고 힘든 시간들의 연속이다. 팔을 쓸 수도 없고 통증이 지속되니 어쩔 도리가 없다.

내 삶에서 수감 생활 중에 수술을 할 줄 누가 알았겠는가. 폭풍과 격랑의 삶이다.

* 2018년 12월 25일, 성탄절에

성탄절에 하루 종일 구치소 좁은 방에 갇혀 있었다. 예수님께서 인간들을 구원하러 오신 날인데, 서럽고 우울하고 말할 수 없는 번민과 고뇌가 밀려온다.

내 삶에 언제 행복했던 적이 있었던가! 물밀 듯이 밀려오는 옛 생각에 하루 종일 우울함으로 보냈다. 성경책을 꺼내 읽고 또 읽으면서 나를 되돌아보고 내 자신을 원망도 해본다. 하루가 왜 이렇게 더디게 가는지 모르겠다. 오늘 하루는 마치 1년은 되는 것 같았다.

하나님, 제 마음을 보살피시고 지친 저를 위로해 주소서.

* 2018년 12월 31일, 2018년의 마지막 날

2018년 한 해를 마무리하는 날이다.

참 길고도 야속하고 힘들었던 한 해였다. 동부구치소에서 1년을 보낸 것 같다. 언제쯤 이 길이 끝나게 될 것인지, 20여 년 넘게 형을 내린 재판장에게 물어보고 싶다. 뇌물 한푼 받지 않은 사람에게 무슨 사형에 가까운 형을 내리냐고.

오늘이 지나면 다시는 오지 않을 2018년, 새로운 2019년에는 변화와 새로움이 있을까?

딸이 손주와 같이 왔다 갔다.

단 10분, 나를 보기 위해 매일같이 찾아오는 아이들. 눈가가 촉촉

해진 아이를 보면서도 내가 해줄 수 있는 일이 없어서 서글프고 힘들다. 제발 밖에서 잘 견뎌내 주길 바랄 뿐이다. 불쌍한 우리 딸, 손주앞날에 부디 삼족이 멸망당하지 않고 떳떳이 살 수 있었으면 좋겠다.

딸아이는 자기 얼굴을 제대로 드러내지 못하고 늘 마스크를 쓰고다닌다. 찬란해야 할 젊은 시절을 숨어서 보내는 우리 딸, 그 불쌍한인생을 어찌해야 할지 가슴이 아프다.

방으로 돌아와 괴로움과 슬픔에 휩싸인 채 2018년의 마지막 날을보내면서 소망을 빌어 본다. 하나님, 우리 아이들을 돌봐주소서.

* 2019년 1월 1일, 새해 첫날

올해는 황금 돼지해라고 한다.

새해 첫날, 좁은 구치소 방에 갇혀서 하루를 보내는 것만큼 힘들고괴로운 일도 없을 것이다. 올해는 마지막으로 대법원 판결을 받으면교도소로 가는 일만 남았다.

교도소는 어떤 곳인지, 어떤 삶이 나를 기다리고 있는지 두렵다.기결수가 되면 많은 것들이 바뀌어 가족 만남도, 변호사 접견도 일주일에 한 번 정도 외에는 허락되지 않는다.

망망대해에 떠있는 것처럼 사회와의 단절이 길어지고 외로움도 깊어진다. 2년 넘게 그런 고통 속에서 살아왔는데 또 얼마나 많은 시간을 그렇게 끌려 다녀야 할까. 내 몸의 자유가 없다보니 시키는 대로만 해야 한다. 새로운 사람들과 만나서 이야기하고 비난하며 싸우기도 하고 헤어지고 또 어떤 만남들을 기대하기도 했던 사소한 일들이 얼마나 소중한 것이던가. 가족과 웃고 떠들며 뒹굴고 밥 먹던 평범한 삶이 이렇게 가슴 아프게 그리운 것이던가.

갇힌 공간에서 어떤 만남이 기다릴지, 어떤 곳에서 어떤 삶이 펼쳐질지 계획할 수도, 알 수도 없는 삶을 살아야 하는 내가 더욱 싫어진다.

새해 첫날, 그저 딸아이와 손주가 걱정된다.

* 2019년 2월 1일, 기결되는 날

벌써 1월이 지나고 2월이다.

나이를 한 살 더 먹어서 그런지 허리와 다리가 쑤시고 통증이 더 심하다. 앞으로 몇 년이나 여기서 버틸 수 있을지 모르겠다. 3년째 옥살이를 하다 보니 마음엔 한이 서리고 가슴은 먹먹해지고 약 기운으로 겨우 버티는 육신은 서서히 지쳐가고 있다.

처음 서울구치소에 있으면서 검찰 조사를 받을 때 생각이 스쳐간다. 보름 동안을 씻지도 먹지도 못하고 검찰에 불려갔다가 저녁 늦게 들어오면 스트레스와 피곤에 절어 몸무게가 5~7kg이나 빠지니 꼬질꼬질 사람 모양이 아니었던가 보다. 하루는 복지과에서 나와 제발 샤워라도 좀 하라고 사정을 했다. 검찰에 잡혀간 지 보름 만에 샤워를 하는데 눈물이 어찌나 흐르는지 눈물 샤워를 한 것 같았다. 서울구치소에서의 생활은 참으로 힘겹고 어려운 고난의 나날이었기에 그 기억이 주마등처럼 지나간다.

이제 4월 4일에 구속기간이 만료되면 기결이 될 것 같다고 한다. 기결이 되면 그리운 우리 딸과 손주는 일주일에 한 번만 볼 수 있다. 세상과의 차단이 점점 더해지는 순간이 되는 것이다.

그날이 오면 나는 또 어디론가 끌려가 어느 낯선 교도소로 가게 되겠지. 견딜 수 있을까?

도대체 이 정부의 정체성이 뭔지 모르겠다. 지난 정부의 주요 인물들을 다 잡아넣고 숙청을 하다시피 하고 있다. 대통령을 지근에서 도운 것이 이렇게 인생을 말살할 정도로 큰 죄목인가 싶다.

사람들을 그렇게 마구잡이로 잡아넣으면서 현 정부의 집권 공신인 김경수 씨가 구속되었다고 적폐 운운 하면서 난리다. 그야말로 내로남불이다. 몸이 약한 여자 대통령을 2년 이상 구속시켜 놓고 어떤 동정이나 걱정도 하지 않더니 측근들의 구속만은 그렇게 걱정이 되는가 보다.

하루 종일 밖에 나가지도 못하고 좁은 공간에 갇혀서 조그만 문틈 창구로 주는 배식을 먹고 버티려니 너무 힘들고 외롭다. 하나님께 하소연을 해본다. 견디기가 너무 힘들다고, 몸이 많이 아프고 외롭다고.

입맛이 없어서 주는 밥을 못 먹었더니 기운이 없고 마음도 심란해진다.

남부구치소에서 있었던 때가 최악이었던 것 같다. 조그만 창틀에 가림막을 쳐놓아 밖에서는 전혀 보이지 않는데 위층의 웬 여자가 나에 대해 계속해서 욕설을 퍼부었다. 좁디좁은 방은 나의 몸을 완전히 질식시키고 있었다. 방이 아니라 사람이 죽으면 들어가는 관에 누워 있는 것 같은 느낌이었다.

삶이 아니었다. 주 4일 열리는 재판에 출석하기 위해서는 1시간 40분 정도 차를 타고 가다보니 몸이 말이 아니었다. 아픈 허리는 점점 더 나빠지고 엉덩이는 짓물러 힘들었던 그날들이 다시 떠오른다.

이 지긋지긋한 생활을 언제 끝낼 수 있을까.

왜 나는, 우리 집안은 이렇게 산산조각이 났을까.

나에게 씌워진 멍에는 죽을 때나 벗을 수 있을까.

* 2019년 2월 4일, 설날에

오늘은 구정, 설날이다.

점심에 떡국이 나왔는데 넘어가질 않아 겨우 한두 수저 뜨고 말았다. 지난 일들이 스쳐가면서 인생을 잘못 살았다는 생각에 미치니 한없이 답답하고 괴로워진다.

이런 날은 유라와 유주, 가족들이 그립고 보고 싶다. 돌아가신 아버지, 어머니 산소도 못 가보고 불효가 막심하다. 내 어깨에 짊어진 삶의 무게가 짓누른다고 생각했을 때, 그때 모든 것과 이별하고 떠나는 선택을 했어야 했는데….

박 대통령과의 인연으로 인해 정치와 연관 없는 나를 언론과 사람들이 매치시키면서 우리 가족은 서서히 멸망해 갔다. 우리 딸은 모든 걸 빼앗기고 나는 가정도 지키지 못하는 사람이 되었다. 젊은 대학시절 만난 인연으로 이렇게 감옥에서 참혹한 말년을 함께 맞이할 줄은 꿈에도 몰랐다.

비참하고 끔찍한 일이다. 앞으로 그 긴 세월을 어떻게 견뎌낼지, 견뎌나갈 수 있을지 모르겠다. 나날이 똑같은 구치소 생활, 정말 어렵고 힘들다.

한푼이라도 돈을 먹고 들어왔다면 덜 억울할 것인데, 언젠가 진실이 밝혀지는 날 박 대통령과 나를 뇌물죄로 씌워 가둔 자들은 반드시 죗값을 치를 것이다.

새해에는 우리 딸과 손자가 잘 살았으면 좋겠다. 삼족의 멸망을 당하지 말고 부디 행복하게 살아가길 기도해 본다.

* 2019년 2월 5일, 정들었던 삶의 터전이 사라지다

오늘은 설날 연휴의 마지막 날이다.

얼굴이 벌게지고 다리가 저려서 움직이질 못하겠다. 여기서는 이런 정도의 아픔은 혼자 앓고 혼자 견뎌야 한다. 몸도 마음도 어느 한 곳 성한 데가 없다.

아침에 20분 동안 운동시간이 주어졌다. 어쩌다 이런 20분의 자유도 마음대로 느낄 수 없는 인생이 되었을까.

왜 대법원 선고는 일체의 미동도 없는지 모르겠다. 여론의 눈치를 보는 것일까? 이 정부는 자기들이 원하는 판결이 나오지 않으면 다짜고짜 적폐로 몰고 있다. 똑같은 재판부에서 박 대통령에 대해서도 실형을 선고했는데 말이다.

세무 당국은 눈이 벌게서 가당치 않은 곳에도 증여세를 부과하고 압류를 해대고 있다. 하물며 부모님의 산소 이전에 대한 세금까지 다른 가족들과 연락이 안 된다고 나한테 날려보내고 있다. 잔인한 건 둘째 치고 행정을 공정하게 처리하지 못하고 이리저리 눈치나 보며 욕을 먹지 않기 위해 급급한 것이다.

나는 이 나라 대한민국의 백성이 맞나?

허구와 거짓과 계략으로 만들어낸 마녀사냥을 모두가 믿고 동조하여 나를 대한민국에서 완전 매장시켜 버렸다. 2년이 지난 지금, 진실이 조금씩 드러나고 있지만 있을 수 없는 일이었다는 생각이 든다. 우리 주변은 물론 가족들도 황폐해지고 죄인이 되어버렸다.

삶에 대한 애착도, 미련도 사라진지 오래다. 딸아이에게 더 큰 상처를 주지 않기 위해 하루하루 견디고 있는 것이다. 아이를 고아로 만들고 싶지 않기 때문이다.

30년 넘게 유치원을 하면서 살았던, 유라가 태어나고 자라온 미승빌딩 건물이 반값에 팔렸다. 그것도 뇌물이라는 오명을 쓴 채.

억울한 건 말할 것도 없고 나의 애증이 서린 그 건물이 그동안 낙엽이 떨어지듯 가격이 폭락하고, 세금은 밀려오고, 체납을 붙이고 난리를 치는 바람에 매도하는 수밖에 없었다. 게다가 딸아이에게 증여세를 물리는 등 마구잡이로 수단과 방법을 다 동원하여 세금을 부과하고 있다. 유라를 아무것도 할 수 없는 아이로 만들어 가고 있는 것이다.

그동안 정권마다 세무조사를 받았지만 이런 최악의 고문 같은 조사는 처음이다. 10여 년 전 것도 꺼내서 또다시 새로운 세금을 덧붙이고 있다. 그러면 과거의 국세청 공무원들은 일을 잘 못했다는 것인가.

* 2019년 2월 17일, 나의 운명

박 대통령을 특수활동비, 선거개입 등 모든 것에 연루된 걸로 엮고 엮어 그들이 얻으려는 게 뭘까? 과연 그들은 그런 것들로부터 자유로울 수 있을까.

우리나라 최초의 여자 대통령인 박 대통령, 설령 죄가 있더라도 사면이나 구속 만기로 내보내줄 수 있는 기회가 여러 번 있었다. 그런데 저들은 보수가 죽을 때까지 그분을 가둬두고 인민재판을 하려나 보다.

사람의 인연이 무엇이기에 그렇게 연을 끊지 못하고 지금까지 와서 좁은 구치소에 박 대통령을 갇히게 했단 말인가! 가슴이 먹먹해지고 모든 것이 후회된다. 무엇보다 내 자신이 원망스럽다.

박 대통령을 옆에서 도운 나를 이 정도로 세상의 모든 죄를 온통 뒤집어씌워 범법자로 만드는 것도 쉽지 않은 기획력이다. 어찌 그런 생각과 음모를 짜낼 수 있었을까? 가히 정말 무서운 집단들이다. 민주주의라고 거짓된 일들이 생기지 않는다는 법은 없을 거다. 진실이 어둠에 가리고 매장되는 일도 우리가 사는 세상엔 빈번하다. 하지만 이것 하나만은 확신한다. 진실은 언젠가 꼭 밝혀질 것이라는 것을.

나의 딸은 이 나라에서 모든 걸 빼앗기고 잃었다. 뇌물 한푼 먹지 않은 나를 감옥에 가두고 30여 년 살아온 보금자리와 삶의 소중한 터전을 빼앗아버렸다. 국세청, 검찰, 특검 할 것 없이 온 나라를 뒤져 몇 백조 되는 돈을 찾겠다고 난리치더니 나오는 게 없으니 여기저기 세금을 부과하고 하다못해 부모님 산소에도 세금 딱지를 붙이고 있다. 용서할 수 없는 일이다.

빈손으로 왔다 빈손으로 가는 인생이지만 이들 기관이 총출동해서 우리 가족의 삼족을 멸하고 거리로 내쫓으려는 시도를 하고 있는 것이다. 정작 자기네 편들의 문제엔 함구하면서 말이다.

요즘은 그들 스스로 무너져가는 모습을 본다. 세상은 언제나 그들 편에만 서는 게 아니라는 걸 하늘이 알려주는 것이리라.

* 2019년 3월 6일, 거짓들

이명박 전 대통령이 보석으로 풀려났다.

이 정권에서 무슨 생각으로 받아들였는지는 모르겠지만 재판부를 들었다 났다 하는 모양이다. 경남 김 지사를 구속한 판사는 사법농단으로 기소하고 60여 명을 블랙리스트화 했다. 나라가 제멋대로다. 그렇게 맘대로 할 수 있다는 사실이 더욱 놀랍다. 박 대통령 시절에 그랬다면 잡아먹을 듯이 난리가 났을 것이다.

어찌 이런 보복적인 일이 자유 대한민국에서 일어날 수 있단 말인가! 그들의 다음 기획 작전이 기대된다. 박 대통령을 어떻게 할 것인지, 건강도 좋지 않은 여자 대통령을 그렇게 감옥에 가둬두고 발 뻗고 잠이 잘 오는지 궁금하다.

국민을 위한 정치를 하는 게 아니라 국민을 기만하고 자기들의 실수가 터질 때마다 이벤트 정치를 하고 있다. 남북문제가 금방 풀릴 듯이 온갖 방법을 다 동원하고 김칫국을 마시더니 이제는 그것이 잘 안 풀리니 시선을 돌리기 위해 이벤트 정치를 또 택한 듯싶다. 이 정부 들어 진정으로 국민을 위하는 것을 본 적이 없고 편 가르기, 북한에 목매다는 짝사랑, 과거를 없애고 자기들만의 우상화를 위한 작업들, 온통 그런 것들뿐이다. 시간이 지나면 국민들이 알게 될 것이다.

미세먼지 때문에 전 국민이 고달프고 마스크를 쓰고 숨쉬기 힘들어 할 때 또 하나의 촌극을 벌인 게 있다. 저녁 뉴스에 김학의 성 접대 사건을 보도하면서 그를 차관으로 추천한 배후에 내가 있다는 것이다. 한마디로 코미디다.

CEO 과정에서 만난 김학의 씨 부인과 내가 절친 사이라서 그런 일이 벌어진 것이란다. 국정농단 사건을 기획한 것도 모자라 이제는 3류 드라마까지 만드는 모양이다.

나는 CEO 과정을 다닌 적이 없고 김학의 씨 부인은 더더욱 알지도 못한다. 그런데 어느 정신 나간 인간이 증언했다는 것이다. 그렇다면 그 CEO 과정을 어디에서 언제 한 것인지, 그 부인을 언제 만났는지 확인하면 될 것을 확인도 하지 않은 채 아니면 말고 식으로 터뜨리는 작태를 보이고 있다. 이런 식으로 사람을 죽여 놓고는 또 무덤까지 쫓아와 침을 뱉고 매도하는 짓거리를 그만두지 않는다면 정말 천벌을 받을 것이다. 정말 농단의 기획이 없이는 정권을 유지할 자신이 없나 보다.

생각할수록 기가 막혀 더 이상 말이 안 나온다.

* 2019년 3월 9일, 구름 같은 정치

정치가 구름을 타고 더 높은 곳을 향해 맘대로 가고 있다. 최고의 정치를 하고 있는 것 같다. 국민도, 야당도, 반대 세력의 말도 아무것도 들리지도 않고 듣고 싶지도 않는 모양이다.

사법농단이라 하여 자기네들한테 불리한 판결을 하는 판사를 기소하고 배제시키고 하는 것이 민주주의 대한민국에서 가능한 일인가 싶다. 무슨 자신감과 무슨 권리로 이렇게 몰아붙이는지 이해할 수가 없다.

* 2019년 4월 4일, 기결수가 된 날

나는 4월 4일 12시를 기해 국정농단 사건의 구속기간이 만료되고, 이대 사건으로 기결수 신분으로 바뀌었다.

이미 검찰이나 어느 곳에서도 구속만기라고 나를 풀어준다고는 안 했지만, 특검이 이대 사건을 병합하지 않을 때부터 예견된 일이었다.

국정농단 사건을 박 대통령과 나를 엮어서 재구속, 또 구속을 반복하다 더 이상 시간을 끌 수 없으니 결국 나를 기결복을 입히고, 미결로 국정농단 사건을 추가 사건으로 바꾼 기이한 방법을 택한 것이다.

잔인하고 가혹하다. 나를 사라지게 했으면 좋겠지만 그러지는 못하고 재판만 2년 넘게 끌면서 계속 정치적으로 이용하려는 것이다.

* 2019년 4월 5일, 기결복을 입다

기결수복을 입고 4층으로 방을 옮겼다.

마음이 조여 오면서 머리가 멍해진 상태로 내가 지나온 삶을 돌이켜 본다. 퍼런색의 기결복을 입으니 마음이 이상해지며 정말 내 인생에 인정하고 싶지 않은 범죄자가 되었다는 느낌에 가슴이 저민다. 이제 남은 대법원 판결이 어떻게 나올지 알 수 없는 일이다. 대법원에 넘어간 지도 몇 개월이 지났고, 이후에도 한참 시간이 지난 후에야 전원합의체로 가게 되었지만 아직 결말이 나지 않았다. 내 인생은 이제 그들에게 달려있다.

결코 젊지 않은 나이에 이렇게 살아있는 게 맞는지 내 자신에게 묻고 또 묻는다. 이렇게 억지로 견디다 세월이 지나 나간들 내가 사회에 적응하여 살아나갈 수 있을지 모를 일이다. 인생을 잘못 살았다는 후회가 자꾸 나를 괴롭힌다. 그러나 돌아가기엔 너무 늦었다. 그저 지금 내가 할 수 있는 건 이 자리에 그냥 그들이 하는 대로 놔두던지, 이슬같이 없어지던지….

괴롭다.

* 2019년 4월 11일, 분류심사

형이 확정된 사람들에게 등급을 결정하기 위해 실시하는 사전 분류 검사를 받았다.

설문 내용과 본인의 과거 경력 등을 중심으로 검사를 한 후 등급을 결정한다는 것이다. S1, S2, S3의 등급 중에서 어느 한 등급이 정해지면 접견 횟수와 전화 통화 가능 여부 등이 결정되는 것이라 한다.

하나님은 나에게 생전에 너무 많은 것을 경험하게 하시는 것 같다. 나는 이제 범법자가 되었다. 형기가 길어서 등급을 최하위로 받을 것 같단다. 한 달에 네 번 접견을 할 수 있는 것 외엔 외부와 완전 차단된 생활을 해야 하는 것이다.

국정농단이 무엇이기에 그들은 나에게 20년이 넘는 형을 내렸단 말인가. 태블릿PC 조작으로 시작한 계획된 국정농단 사건은 모든 국민들의 공분을 사게끔 여론과 언론, 방송들이 나섰다. 진실은 가려진 채 날조된 증거들과 거짓 증언, 공공을 자극하는 선동 비방만이 난무하여 대한민국을 무겁게 짓누르고 있었다.

숨을 쉴 수가 없었다. 그때의 사람들은 진실이 무엇인지 알고 싶어 하지도, 들으려고도 하지 않았다. 나는 그 어디에도 진실을 이야기할 수조차 없었다. 언론들은 진실이 무엇인지 파고들기보다는 하루가 멀다 하고 자극적인 기사들만 경쟁적으로 쏟아내기에 여념이 없었다. 그렇게 조작된 음모와 허위사실을 토대로 대통령을 몰아내고 나를 괴물로 만들고 끝내 이곳에 기결수의 옷을 입혀 가둬두고 있는 것이다.

매일 면회할 수 있던 가족을 한 주에 한 번만 보게 되니 우울해지고 견디기가 힘들다. 가슴 한쪽에 뻥 뚫린 구멍은 이제 내 온 몸을 산산조각으로 부수고 있는 느낌이다.

우울증이 심해져 정신과 상담을 하고 싶은데 의료과장님이 불허하고 있어 하지 못하고 있다. 마음의 병은 약으로만 치료되지 않는다. 상담은 필수 과정인데, 이곳의 룰과 밖의 시선을 의식했는지 끝내 정신과 상담은 허용하지 않았다.

* 2019년 4월 27일, 불허된 형집행정지

박근혜 대통령의 형집행정지 신청에 대해 불허한다는 결정이 내려졌다. 예상은 했지만 이 정권의 악랄함과 잔인함이 드러나는 한 장면이다.

박 대통령은 원래 허리가 아프기도 했지만 수감되면서 그 충격으로 몸과 마음에 큰 고통을 받고 계실 것이다. 그래도 그 아픔을 말하지 않고 계신 것 같다. 과거에 고문을 당했다는 정치인들보다 더 큰 고문과 감금을 당하고 있는 것이다.

정치가 거의 막장을 향해 치닫고 있다. 국회의장이 병원에서 전자결재를 보고 이메일로 발의를 하는 등 있을 수 없는 일들이 발생하고 있다. 민주주의의 선두주자라고 자칭하는 현 정부에서 벌어지는 이야기다.

* 2019년 5월 12일, 진실의 성

하나님이 나에게 왜 이런 시련을 주시는지 묻고 또 묻고 싶다.

하루의 일상이 힘겹고 버겁다. 지난번에 검사한 등급 분류 결과가 금요일에 나왔는데 S3로 한 달에 다섯 번의 접견이 전부란다. 이제 본격적인 사회와의 격리가 시작이 되는 것이다. 출소 후 사회에 나가 잘 적응하도록 노력한다면서 사회와의 차단이 시작되었다.

사람으로 태어나 등급으로 분류되고, 손에는 쇠고랑까지 차고, 병원에선 손과 발에 쇠고랑과 전자발찌까지 차고. 이 세상에서 모든 걸 경험하게 하시는 하나님이 앞으로 날 어쩌시려는지….

이제 교도소로 가는 최악의 길만 남아있는 것 같다. 팔도 묶이고 손도 묶여서 오래 가다가는 공황장애로 숨이 막혀 죽을 것 같다. 경험해 보지 않은 것에 대한 두려움 때문일 것이다.

오늘도 갇혀 있었던 하루가 지나가고 있다. 내일이 오는 것도, 오늘이 지나가는 것도 힘들다. 매일같이 똑같은 일상, 인형 같은 생활 속에서 상자에 갇혀 있는 압박감이 심해진다. 언제 이 고통이 지나갈는지 암담하다.

재판이 끝나질 않아서 몸도 그렇고 멀리 가는 것이 고통스러워 청원서를 법무부에 냈는데 소식이 없다. 6월에 이송이 될지도 모른다는데 온 몸이 묶여 공황장애로 숨이 차오를까 걱정된다. 어찌 지탱할 수 있을지 나도 모르겠다. 매일같이 찾아오는 아픔에 몸도, 마음도, 영혼도 이젠 숨을 쉬기도 힘들다.

거의 3년이 되어가는 세월을 내가 어떻게 견뎌냈는지 나도 잘 모르겠다. 공황장애와 폐쇄공포증이 있는 내가 이 좁고 질식할 것 같은 방에서 아무 하고도 접촉할 수 없는 이 무서운 상황을 도대체 어떻게 견뎌냈을까?

북한의 정치범 수용소, 아오지탄광 같은 곳과 다를 게 뭐가 있을까? 외부와 철저히 단절시키고 사람을 정신적으로 황폐하게 만들어 미치게 만들고 있는 것이다. 박 대통령을 도왔다는 인연으로 나는 이렇게 상상하기도 힘든 정치적 보복을 당하고 있는 것이다.

박 대통령은 진실로 아무런 죄를 저지르지 않았고 저지를 분도 아니다. 원래 성격이 칼 같고 딱 부러지는 성격이다. 본인이 갖고 있는 결벽성을 스스로 망치실 분이 절대 아니다. 나는 이 사태를 여기까지 끌고 온 특검과 검찰 그리고 배후 세력들이 이제 무슨 생각으로 조선시대도 아닌 이 시대에 이런 일을 만들어내는지 궁금해지고 꼭 알아야겠다는 생각이 든다.

그걸 알아낼 수 있는 것은 오로지 국민의 힘이다. 국민들이 이 엄청난 계략의 본질을 알고 진실을 밝혀내서 우리 미래에 다시는 이런 일이 안 생기도록 해야 한다는 생각이다. 이 극악한 계략의 희생자는 박 대통령과 나만이 아니기 때문이다. 국민도 피해자다. 아직도 언론과 인터넷을 떠도는 허위와 거짓 정보들이 진실의 눈과 귀를 막고 있지만 나는 국민들이 언젠가는 그 거짓의 장막을 거둬주리라 믿고 있다. 진실했던 박 대통령의 명예를, 나의 억울함을, 정의로운 국민들이 반드시 밝혀낼 것이라 믿는다.

* 2019년 8월 29일, 대법원 선고

김명수 대법원장이 주재하는 대법원의 선고가 있었다.

기소된 때로부터 2년 9개월, 항소심 접수로부터 11개월이나 지나 선고를 했다. 갑자기 결정된 선고는 조국 법무부장관 후보자의 의혹을 덮기 위한 수단이라고도 보이는 순간이었다.

그동안 나를 밖에 안 내보내고 괴롭히고 굴복시키기 위해 1심 재판부에서 구속기간을 2번이나 추가로 연장했고, 상고심에서 구속기간 만료가 되자 이화여대 비리 사건으로 징역 3년을 선고받아 확정된 형을 집행하여 나를 죽이고 있었다. 대법원의 선고 판결은 법 위에 사람이 존재하는 것을 보여준 것이다.

대법원장 김명수를 비롯한 9명은 문재인 정부가 출범한 후 임명된 대법관들로 우리법연구회, 민변, 국제인권법연구회 출신으로 이념성 편향이 짙은 사람들이다.

증인의 위조된 증거를 가지고 계약된 서류를 위법 처리한 이번 선고는 두고두고 흑역사로 남을 것이다.

그 당시 어떤 증인이 감히 증언대에서 특검이나 검찰의 요구를 무시할 수 있었을까. 박 대통령의 묵시적 청탁을 인용한 부분 역시 오로지 정의를 우선으로 해야 하는 판결이 법을 뛰어넘었다. 지금 이 정부와 전 정부에서 이뤄진 것들이다. 이 판결이야말로 묵시적 청탁으로 판단될 수 있는 것이다.

검찰, 특검 수사에서도 그랬고 대한민국의 법률에 의해 판결을 해야 할 판사들이 여론에 의해 겁을 먹고 소신을 접은 채 이상한 말로 유죄를 판결하고 있다. 같이 사는 부부도 요즘은 서로 각자 임무와 경제권을 나눠 가지는데, 박 대통령과 내가 경제적 공동체로 묶여있다는 논리는 상상도 해본 적이 없는 수법이다. 내 주머니에 들어간 게 박 대통령의 것이고, 박 대통령의 것이 내 것이 될 수 있다는 논리 또한 죄를 뒤집어씌우기 위한 수법이다.

묵시적 청탁을 인정한 건 이심전심 알았다는 것인데 초인적 힘을 발휘해서 알아냈을까? 지금 정부에서도 이뤄지고 있는 내로남불 사건이다.

지금 정부와 여당에서 하는 말들은 본인들이 야당시절 해왔던 일들인데 이것 또한 시대마다 정치적 해석을 달리하고 있는 모습에 지겨울 따름이다.

파기환송된 재판이 어떤 결과를 가져올지 모르지만 말 부분 인증은 꼭 다시 싸울 것이다. 소유권을 넘겨받지도 않았고, 계약도 소유도 삼성 것인데 그걸 내 걸로 인정한다는 정치적 재판은 후세에도 웃음거리가 될 것이다.

이제 파기환송심이 언제 진행될지 모르지만, 형사6부에 배당은 되었다. 시작을 해보긴 해보는 것이지만, 지금 정부에서 벌어지는 일들을 보면 재판을 할 필요가 있을까 하는 생각을 한다.